Helmuth Zimmermann · Leben oder Tod im Orient

Helmuth Zimmermann

Leben oder Tod im Orient

Roman

Impressum

© **Helmuth Zimmermann**
Leben oder Tod im Orient
Avsallar, Alanya, Türkei 2001
helmuthzi@hotmail.com

Covergestaltung:
Helmuth Zimmermann

Herstellung:
Book on Demand GmbH
Gutenbergring53, D – 22848 Norderstedt

Printed in Germany
ISBN 3-8311-2665-8

Gedanken zu Begriffen vom Autor:

Einsamkeit

Ein duftender Jasminzweig auf dem leeren Kopfkissen. Er
wird bleiben, mich betören und in den Schlaf bringen.
Viele fröhliche Menschen überall geben keine Antwort.
Viele Traurige können keine geben.
Kaum hört einer zu, noch stellt er Fragen.
Viele Menschen machen einsam.
Heute war ich am Strand und man fragte mich:

...wie spät ist es?

Leid

Die nicht vergehende Liebe ohne Halt, will sterben und
leben zugleich.
Vergehendes Leben macht hilflos und ohnmächtig bis zur
Erbärmlichkeit meiner selbst.
Die Qual noch zu leben, zerreißt Herz und Verstand.
Unglückliche Liebe und Sterben zerstören.
Selbstmitleid bleibt, ist Rest und Kern.
Tränen antworten der Erinnerung und lindern die Pein.

Man sagte mir, ich kann dich gut leiden.

Freude

Lachen im Moment des Glücks.
Gute Nachricht, überrascht mich im Dilemma unverhofft.
Ersehnte Belohnung für Leistung und Fleiß.
Gewißheit kommender guter Zeiten und Dinge.
Wiedersehen geliebter Wesen.
Erfahren angenehmer Gefühle.

Zu wissen wir lieben uns.

Leben

Es gibt keinen Sinn, alles ist Zufall ohne Richtung und Ziel.
Es hat einen Anfang und ein Ende, im Gegensatz zur unendlichen, abstrakten Zeit.
Eine Zufälligkeit der vergehenden Einmaligkeit in unendlicher Zeit.
Begreifen des Gesamten und des Kleinsten ist sinnvolle Neugier und doch letztlich sinnlos zugleich.
Machen wir das Beste aus der einmaligen Chance heute zu sein.
Hurra ich lebe und es ist schön zu sein.

Leben bedeutet Sein.

Leben oder Tod im Orient

Inhalt:

Türkeiurlaub

„...wir wünschen ihnen einen angenehmen Urlaub," tönt die nette Stimme der Stewardess aus dem Lautsprecher über ihnen .

Up and away, raus und nix wie weg... Urlaub, Sonne, Meer, Strand, warme Sommernächte, Tanz, abschalten, relaxen, auftanken... Ja, endlich Urlaub.

„Macht es ihnen etwas aus, wenn ich rauche?", fragt die ältere Dame und steckt sich ihre Zigarette an.

Karl guckt ganz entnervt und sagt: „Wollen sie mich verarschen oder was? ... Sie blöde Kuh."

„Aber Karl, lass doch die Frau in Ruhe", beschwichtigt ihn seine Gattin Gisela.

„Karl meint das nicht so, er ist manchmal so grob, rauchen sie nur", sagt sie der Dame zugewandt.

Sie lächelt dabei etwas verlegen. Sie möchte die Situation retten. Die Dame lächelt gequält zurück und saugt sich dabei fast an der Zigarette fest. Sie wirkt verunsichert, verlegen, Schweiß steht ihr auf der Stirn, sie hat Angst, Angst vor dem Fliegen. Insbesondere diese, scheiß' Start- und Landemanöver lassen sie jedes Mal aufs Neue in Panik geraten. Alles überstanden, Gott sei Dank, so und jetzt eine rauchen und nun so etwas.

„Sie sollen an ihrem Qualm ersticken, ich jedenfalls nicht, lassen sie mich durch, ich muss aufs Klo, die Sache ist mir auf den Magen geschlagen. Übrigens wünsche ich ihnen, dass sie gleich nach mir auf dieselbe Toilette müssen: dann kräftig durchatmen, das reinigt die Lungen... Blöde Kuh", stichelt Karl.

Dabei macht er am Anfang ein knurriges Gesicht, aber am Ende ein grinsendes. Er freut sich über seinen Witz. „Ha, der hast du es aber gegeben," denkt er und dackelt den Gang entlang, der Toilette entgegen.

Dreieinhalb Stunden später, das Flugzeug setzt zur Landung an. Die Dame ist ganz grün im Gesicht als mitgeteilt wird: „... bitte stellen sie das Rauchen ein, schnallen sie sich an und stellen sie ihre Rückenlehne in die senkrechte Position. Wir werden in wenigen Minuten in Antalya landen." Karl beobachtet sie. Er sieht, wie ihre Wangen anschwellen, zum Platzen prall sind, wie sie herunterschluckt. Dann das ganze noch einmal, nur diesmal hat sie Tränen in den Augen. Karl spät sie aus engen Augen an, klatscht in die Hände und sagt zu seiner Frau: „Ist das nicht schön, guck doch wie sie die Klappe voll hat." Er lacht und freut sich. Manchmal ist das Leben doch gerecht.

Am Flugplatz werden sie von ihrem türkischem Freund abgeholt. Sie sind bereits das sechste Mal in der Türkei. Es gefällt ihnen hier sehr gut. Die Menschen sind freundlich, hilfsbereit und gastfreundlich. Sie sind aufmerksam, fröhlich, sorgenfrei und nett zu jedermann. Die Landschaft ist einmalig schön. Es gibt unendlich viele wilde Blumen zu bewundern. Es ist unbeschreiblich grün, wo das Auge auch hinsieht. Hier gibt es Laubbäume, große, riesige Bäume obwohl es doch in den heißen Sommermonaten gar nicht regnet. Es scheint ein Wunder zu sein. Im Hintergrund sieht man die schneebedeckten Berge, zu ihren Füßen liegt das Mittelmeer. Die Berge scheinen des Rätsels Lösung zu sein: sie halten das schlechte Wetter ab, z.B. Regen und Kaltluftfronten, andererseits liefern sie unendliche Wassermassen für die Vegetation. Es ist einfach atemberaubend, herrlich, wunderschön hier zu sein und immer scheint die Sonne. Karl und Gisela lieben die Türkei. Am liebsten würden sie hier leben, aber das liebe Geld, die Arbeit..., was soll man machen? Ja später, wenn sie Rentner sind, dann wollen sie hier bleiben, zumindest in der Zeit wenn es in Deutschland kalt, ungemütlich und regnerisch ist. Sie fahren nach Avsallar. Hier haben sie sich im letzten Jahr eine Eigentumswohnung gekauft. Die Wohnung besteht aus zwei Schlafzimmern, einem schönen großen Wohnzimmer mit Meerblick, einer voll eingerichteten Küche sowie drei herrlichen Balkonen. Avsallar liegt an der türkischen Riviera, zwischen den bekannten Urlaubsorten Antalya und Alanya.

Dieses Mal sind sie im Frühling hier. Die Saison hat noch nicht begonnen, der Ort ist noch leer und ab und zu sieht man den einen oder anderen Touristen. Das Wetter ist um diese Jahreszeit sehr angenehm. Es ist um die zwanzig Grad im Schatten, es regnet kaum, die Sonne scheint und die Pflanzen beginnen sich aufs Neue zu entfalten.

Gisela und Karl sitzen auf dem Südbalkon. Es ist Zeit, den Sonnenuntergang zu beobachten. Dies machen sie immer, wenn sie um diese Zeit zu Hause sind.   Heute ist er besonders schön, weil ein ganz dünner Wolkenschleier zu erkennen ist. Es sind nur Andeutungen von Wolken, man kann stellenweise durch sie hindurch sehen. Langsam färben sich die Wolken zu einer leicht hellroten mit weißen Flächen gezeichneten Farbe. Der Horizont wird ebenfalls rötlich, besonders an der Stelle, wo die Sonne ins Meer eintauchen wird. Jetzt nähert sie sich der Wasseroberfläche. Es wird nun nur noch ca. drei Minuten dauern, bis die Sonne völlig unter gegangen ist. Karl hat die Zeit einmal gestoppt. Ihn interessieren solche Dinge.

„Eigentlich sollten wir für immer hier leben", sagt Karl.

„Wie könnte man es anstellen, dass wir so schnell wie möglich dieses Ziel erreichen ? Weißt du, ich habe mir so meine Gedanken gemacht. Ich habe doch die Lebensversicherung. Wie wäre es, wenn ich plötzlich sterben würde. Nein, nein keine Angst; ich meine nur so zum Schein. Die müssen doch bezahlen."

„Oh Karl, das ist doch nicht so einfach. Du immer mit deinen Ideen. Und was ist, wenn das raus kommt, oh nein bitte, nicht auszudenken", stöhnt Gisela.

„Wieso, das ist doch ganz einfach. Für die bin ich tot, die zahlen und klatsch fertig. Pass auf: Ich sterbe hier in der Türkei, bin beim Angeln, es kommt Sturm auf, ich fall über Bord, der Ali ist mit dabei und erzählt später, dass er mich nicht mehr retten konnte, fertig aus. Du fährst nach Hause und erzählst die ganze Geschichte der Versicherung. Du brauchst eigentlich nicht einmal einen Polizeibericht, die überprüfen sowieso alles. Glaub mir, das ist ganz einfach. Ach wär das schön! Ich lach mich tot. Hä, hä", lacht Karl und klatscht in die Hände.

„Karl, ich kann das nicht, ich lauf blau dann grün und danach rot an, ich würde das auch nervlich nicht durchstehen. Oh Gott, oh Gott was denkst du dir bloß immer aus", jammert Gisela.

„Hä, hä, du meinst wie die blöde Alte im Flugzeug, die hatte auch alle Farben angenommen, die war doch nicht ganz dicht. Wir reden später noch mal darüber, das geht, glaub es mir, das ist ganz einfach", sagt Karl und trinkt genüsslich seine Cola.

Früher hatte er viel getrunken, manchmal ein bis zwei Flaschen Cognac oder was gerade da war. Seit fast zwei Jahren ist er nun schon trocken, trinkt nur noch Cola und nimmt dadurch natürlich immer mehr zu.

Einige Tage sind vergangen. Das Wetter ist wie immer phantastisch, jeden Tag sind sie am wunderschönen Sandstrand, liegen faul in der Sonne, und genießen es in vollen Zügen. Im glasklaren blauen Mittelmeer zu baden ist für Gisela der Himmel auf Erden. Für Karl kommt ein kühles Bad vielleicht einmal im Urlaub vor und das nur, wenn er von anderen hartnäckig dazu bedrängt wird. Karl will seine Idee nicht aus dem Kopf gehen.

„Hast du eigentlich über das Ding mit der Versicherung noch mal nachgedacht?", fragt er und wälzt sich auf seiner Badematte.

„Ja, weißt du, ich denke, wir sollten es versuchen, aber kläre mich bitte genauestens auf, damit ich keine Fehler mache", erwidert sie.

Ihr Sinneswandel kommt nicht von ungefähr. Sie hat nämlich den jungen, gut aussehenden Kellner im Kopf. Falls der Plan gelingt, würde sie ihn jeden Tag sehen können. Sie hatte mit ihm einen Seitensprung im letzten Urlaub und es war unglaublich schön, völlig anders, wie neu geboren, wie damals als sie noch jung war. Dieses kribbeln im Bauch, dieses Gefühl nach Sex, das Verlangen danach, begehrt zu sein, zu schweben, das alles hatte sie lange nicht mehr gespürt. Sie fühlt sich wie unter Drogen und will das Gefühl wieder haben. Dass mir so etwas passieren kann, hat sie oft gedacht. Normalerweise ist sie eine treue Ehefrau, eher konservativ erzogen, gutbürgerlich, hausbacken und leicht schwatzhaft. Eigentlich entspricht sie völlig der Norm und unterscheidet sich überhaupt nicht von den normal moralisch denkenden Menschen. „Vielleicht ist es eine Torschlusspanik, vielleicht die Wechseljahre oder Karl?

Was hat mich dazu bewegt, so etwas zu machen, grübelt sie oft. Sie denkt nicht leichtfertig darüber nach. Sie kann es nicht verstehen, warum sie es nicht bereut. Sie will es wieder haben, dieses irre Gefühl, wenn sie es machen, die Zeit davor, die Explosion, die Zeit danach, jede Sekunde hatte sie genossen.

Der Betrug

„Das ist ja ein dickes Ei, wieso bist du plötzlich damit einverstanden", räuspert sich Karl.

„Hast du was, ich begreife das nicht; vorher dagegen, jetzt ganz anders, versteh einer die Frauen. Egal, du bist dafür und fertig, aus. Wir machen es sofort, schon morgen, bevor du es dir anders überlegst."

Am Tag darauf sitzt Gisela im Flugzeug auf dem Weg nach Deutschland zur Versicherungsgesellschaft. Sie träumt von ihrem Liebhaber. Sie denkt an das letzte Mal, das Mal davor, die Höhepunkte, ihre Phantasie lässt sie weiter gleiten in eine neue Zeit, in unendliche Erfüllung ihrer Träume.

„Liebe Frau Maus, mein aufrichtiges Beileid. Sie haben uns hier den Vorgang geschildert, wie ihr Mann ums Leben gekommen ist. Bitte empfinden sie es nicht als geschmacklos, wenn ich ihnen erkläre, dass die Bearbeitung etwas dauert. Wir werden sie unverzüglich informieren, sobald wir alle Ergebnisse vorliegen haben. Einige Wochen werden wohl vergehen, bis wir einen endgültigen Bescheid haben. Sie bekommen dann umgehend die Versicherungssumme ausbezahlt. Noch mal mein Beileid. Auf wiedersehen, Frau Maus", quält der Versicherungssachbearbeiter seine Worte aus sich heraus.

Gisela ist happy. Ja, Karl hatte doch Recht, war doch ganz einfach. Sie eilt ins nächste Restaurant, bestellt einen Kaffee und ruft Karl per Handy an. Dies dauert etwas länger, weil sie die Technik immer noch nicht beherrscht, obwohl ihr Karl alles immer wieder neu erklärt. Seine Erklärungen sind im Laufe der Zeit allerdings kürzer geworden. Warum verstehst du das nicht, ist doch ganz einfach, eröffnet er jedes Mal.

„Karl, es hat geklappt, du hattest Recht und ich bin auch nicht in allen Farben angelaufen", freut sie sich überschwenglich.

„Was hab ich dir gesagt. Diese Versicherungsfritzen sind doch alle blöde. Die merken doch nichts. Wann ist Zahltag und wann kommst du zurück?", fragt Karl und reibt sich seinen dicken Bauch.

„In einigen Wochen hat man mir gesagt. Sie werden den Fall formal überprüfen müssen, aber es gibt anscheinend keine großen Probleme. Ich werde, wenn alles klar ist, sofort ein Ticket kaufen und dann runter kommen. Pass schön auf dich auf und iss nicht soviel, du weißt doch wie schädlich das für dich ist., Tschüs und mach's gut."

Karl erwidert, wie immer: „Hör bloß auf, mir die Ohren voll zu singen, Ich ess' soviel, wie es mir passt und fertig, Tschüs, mach's besser."

Gisela trinkt mit voller Vorfreude ihren Kaffee, merkt jedoch nicht, dass sie von einem Mann beobachtet wird. Er sitzt in einiger Entfernung in der äußersten Ecke des Cafés und raucht eine Zigarette. Aus engen Augenschlitzen beobachtet er Gisela.

„Zu dumm, dass man nicht mithören konnte, was am Telefon gesprochen wurde. Egal, denkt er. Die kriege ich sowieso noch. Er lächelt dabei und spürt, dass er dieses Mal einem Versicherungsbetrug auf der Spur ist. Wieso freut sich jemand, der eigentlich trauern müsste? Passt doch nicht zusammen. Die Tante guck ich mir später etwas genauer an, die dreht doch ein linkes Ei?", sinniert er und saugt dermaßen an der Gitanes, so dass sie fast überall zu glühen beginnt.

Er raucht diese französischen Packungen, weil sie richtig fetzen. Dem Chef wird er vorerst nichts von seiner Vermutung erzählen, weil er im letzten Fall mit seinen voreiligen Annahmen daneben lag und sie ihn in große Schwierigkeiten gebracht hatten. Sie werden ohnehin jemanden beauftragen und eigene Nachforschungen anstellen, weil keine Leiche vorhanden ist, und den Berichten aus der Türkei kaum Glauben geschenkt wird.

Drei Wochen später. Gisela ist in Gedanken wieder bei ihrem Ali, dem Lover, während die nette türkische Stewardess höflich fragt: „Was möchten sie trinken, Tee oder Kaffee?"

Sie ist ganz erregt durch ihre Gedanken und stöhnt leise: „Am, am, am... ".

Ali sagt das immer wenn er sie nimmt. Sie hatte ihn gefragt was das bedeutet, woraufhin er ihr erklärte, dass es: gut, gut, gut... , bedeutet. Jetzt lacht natürlich jeder Türke, denn es bedeutet natürlich etwas völlig anderes. Sie ist in ihren Rückblenden oft bei Worten, die er zu ihr sagt, dies macht sie voll an, sie wird heiß und kommt dabei fast an den sexuellen Höhepunkt. Sie erreicht ihr Ziel durch die gestöhnten Worte, weil dadurch die phantastischen Augenblicke plastischer werden. Sie hat die Bilder vor Augen, spürt den heißen Atem wenn er es aus sich herauspresst und sie vor brutaler Geilheit fast erlegt. Sie glaubt jedoch, dass es Liebe ist wenn er: Göt, Göt, Göt, stöhnt und seine Grobheit findet sie einfach männlich. Oft sagt er auch Nutte auf türkisch zu ihr und übersetzt es mit: mein Schatz.

„Hallo Madame, Kaffee oder Tee?", fragt die Stewardess jetzt leicht genervt.

„Ach, äh, Kaffee bitte", erwidert sie erschreckt.

Am Flughafen in Antalya erwartet Karl sie mit einer Flasche Sekt. Sie sind auf der Fahrt nach Avsallar und Gisela erzählt, wie einfach und gefahrlos alles war. Der Totenschein, der in der Türkei ausgestellt wurde sowie der Polizeibericht, alles wurde von der Versicherung akzeptiert. Sie hat Nachricht erhalten, dass das Geld in Kürze auf ihrem Konto eintreffen würde. Sie braucht nicht mehr zur Verfügung zu stehen, der Fall ist abgeschlossen. Karl ist so erheitert, dass er sich vor Freude auf die Schenkel schlägt und dabei fast einen Verkehrsunfall verursacht. Mit dröhnender Hupe zieht der entgegenkommende Lastwagen an ihnen vorbei. Der Fahrer wirft gestikulierend die Arme in die Luft und spukt aus dem Fenster. Karl betätigt den Scheibenwischer und lacht schallend: "Beinahe wäre ich tatsächlich gestorben und du hättest vielleicht nix kassiert, wie komisch". Gisela sitzt kreidebleich daneben und herrscht ihn an, er möge doch in Zukunft etwas vorsichtiger fahren. Sie denkt natürlich auch an Ali, ihn möchte sie natürlich so schnell wie möglich wiedersehen und das bei bester Gesundheit.

Zwei weitere Wochen vergehen und Gisela erhält Nachricht von ihrer Bank, dass das Geld eingetroffen ist. Karl war sehr gut versichert. Die Auszahlungssumme bei Unfalltod ist doppelt so hoch, wie im normalen Todesfall, so dass eine schöne, dicke, runde Million ausgezahlt wurde. Das muss gefeiert werden. Sie gehen in das Lokal in das sie immer gehen, in dem Ali, ihr bester Arkadas (Freund), sie bedient und feiern ordentlich drauf los. Ali tanzt mit Gisela immer wieder Makarena und selbstverständlich alle ostanatolischen Heimatklänge, die aus der viel zu lauten Stereoanlage herausdröhnen und fast jeden normalen Menschen erschrecken würden. Um sie herum tanzen überwiegend Türken im traditionellem Stil. Einer knallt dabei zwei Holzlöffel rhythmisch auf einander, ein anderer trommelt auf einer nach unten geöffneten Trommel, die mal dumpfe mal helle Töne und schnelle Schlagfolgen monoton, wiederkehrend von sich gibt. Ein kleiner fast glatzköpfiger Türke rasselt unentwegt mit einem Schellenring. Zwei deutsche Damen scheinen das gleiche Liebesglück wie Gisela zu haben und versuchen sich unermüdlich am Bauchtanz. Die eine reichlich korpulente Frau tritt einem Türken dabei auf die

Füße und schießt auf den Löffelknaller zu, der gerade seinen sturzflugartigen Tanzschritt nach vorne macht. Beide finden sich flach am Boden wieder. Die Dicke ist etwas benommen und schüttelt sich. Alles lacht, war wohl doch etwas zu viel Rakı.

Ein junger, schlanker, gut aussehender Türke, ca. zwanzig Jahre alt, reicht der Dicken die Hand und hilft ihr wieder auf die Beine.

Karl hat alles beobachtet und ist interessiert an dem jungen Mann.

„Komm doch bitte an unseren Tisch. Wir feiern heute und ich möchte dich einladen", spricht er den jungen Mann an.

„Vielen Dank für ihre Einladung. Ich komme gleich zu ihnen", entgegnet er und setzt sich zu Karl an den Tisch.

„Warum hast du das gemacht?", fragt Karl den jungen Türken.

„Die fette Tante ist doch total besoffen. Die soll doch selber sehen wie sie wieder auf die Beine kommt. Weißt du, eine Kuh weiß wann sie genug gesoffen hat, diese hier anscheinend nicht, die ist noch blöder als 'ne Kuh. Übrigens, ich heiße Karl und wie heißt du?"

„Osman ist mein Name. Ich habe der Frau geholfen, weil sie Hilfe benötigte. Auch wenn sie etwas falsch gemacht hat, so ist sie doch ein Mensch und wenn ich helfen kann, so helfe ich gerne. Es hat mich außerdem nichts gekostet. Ein wenig nett zu sein zu anderen Menschen, bereitet mir Freude. Das ist alles", erklärt Osman und lächelt Karl dabei an.

„Was willst du trinken, Bier, Rakı? Was soll's sein?", fragt Karl neugierig.

„Oh bitte keinen Alkohol. Eine Cola ist o.k.," entgegnet Osman.

„So so, du bist also ein neuer Mohammed", spottet Karl.

Osman geht jedoch nicht auf die Anspielungen ein. Er ist

neugierig auf Karl, der so komische Sachen sagt und so direkt ist.

„Eine Cola, das ist auch mein Getränk. Früher habe ich gesoffen wie ein Loch. Egal was gerade da war. Hauptsache es war Alkohol drin. Und du trinkst nicht wegen deiner Religion, ist das richtig? Eine feine Religion ist das, ja, ja, find ich gut, das mit dem Alkohol", erzählt Karl. „Ich trinke keinen Alkohol aus Prinzip, weil ich davon überzeugt bin. Ich bin außerdem durch meine Religion so erzogen worden. Es ist vielleicht bei einer Feierlichkeit angebracht, z. B. zum neuen Jahr oder zur Hochzeit etwas zu trinken, aber ich hatte bisher nicht das Verlangen danach. Außerdem, wenn ich die Leute sehe, die betrunken sind und Dinge machen, die sie sonst nicht tun würden, finde ich sie so völlig fremd und verändert", erklärt Osman.

„Wo hast du so gut Deutsch gelernt?", fragt Karl interessiert.

„Zunächst auf der Straße und dann von einem Deutschen. Er war unser Nachbar. Wir haben jeden Tag   oft stundenlang miteinander geredet. Er war sehr gut zu mir und wollte, dass ich unbedingt Deutsch lerne. Er sagte immer: wenn du nichts anderes zu tun hast, dann lerne eben Deutsch, vielleicht hilft es dir einmal. Es hat mir auch sehr viel Spaß gemacht und ich mochte den Deutschen sehr", berichtet Osman.

„Du bist also ein ganz schlaues und fixes Kerlchen mein lieber Osman."

Nach einer kurzen Weile fährt Karl fort: „ Weißt du, wenn du so schlau bist werde ich dir ein wenig Geld geben. Mal sehen was dabei heraus kommt", grübelt Karl und krault sich dabei seinen Bart.

Nach einer Pause sagt er: „ Ich denke ich werde dir zehnausend DM geben. Du verpflichtest dich, mir das Geld ohne Zinsen zurückzugeben,   sobald du es kannst.

Du musst mir versprechen, dass du es nicht verballerst. Alles klar, mein lieber Schlaumeier? Nimm das Geld und keine lange Sabbelei warum und wieso und so'n Scheiß, hörst du. Nimm die Kohle und halt die Schnauze, o.k.?", redet Karl auf den verdatterten Osman ein.

Nach längerer Überlegung sagt Osman: „Ich denke, es hat nicht viel Sinn, dir deine seltsame Entscheidung auszureden. Ich werde also dein Angebot annehmen und sagen wir: Allah will es so. Es soll so sein. Ich nehme dein Geld an und verspreche dir, dass ich alles daran setzen werde, um es zu vermehren", entgegnet Osman.

„Prima, ich freue mich, dass du es nimmst. Morgen kommst du zu mir nach Hause und bekommst richtig gutes deutsches Geld. Alles klar mein Junge? Also Prost und viel Glück, mein Mohammed", freut sich Karl und fühlt sich sauwohl in der Rolle des Gönners.

Karl ist schon immer so spontan gewesen. Wenn er in einem Geschäft etwas sieht, was ihm gefällt, so kauft er es ohne lange zu überlegen. Auch wenn er eigentlich nur eine Tube Zahnpasta kaufen wollte. Jetzt, wo er ja soviel Geld hat, kann er auch spendabel sein, denkt er.

Am nächsten Morgen zum Frühstück erhält Osman das Geld von Karl. Osman kann sein Glück kaum fassen. Gisela ist es ziemlich egal. Sie denkt nur an Ali und wie sie es anstellen kann, ihn zu sehen, ohne das Karl etwas davon mitbekommt. Außerdem ist ihr schlechtes Gewissen etwas beruhigt, denn Karl ist in ihrer Schuld. Er hat sie vorher nicht in seinen gönnerhaften spontanen Einfall eingeweiht.

„So mein lieber Osman jetzt hast du richtiges Geld. Fang was Gescheites damit an und halt mich auf dem laufenden. Möchtest du etwas Schweinefleisch probieren oder verbietet deine feine Religion dir das?", fragt Karl in heiterem Ton.

"Nein danke, der Koran verbietet es, Schweinefleisch zu essen. Einige Leute sagen, dass das Schwein alles frisst, sogar seinen eigenen Kot. Also ist das Fleisch auch nicht rein", erwidert Osman und bedient sich beim Truthahnaufschnitt.

Diese Wurst wird hier hergestellt und schmeckt sehr lecker.

"So, so ein Schwein frisst also auch seine eigene Scheiße. Hör zu du Schlaumeier, du isst gerade Geflügel. Weißt du eigentlich, dass ein Huhn alles frisst, sogar Glasscherben und die Scheiße vom Schwein sowieso. Es ist das Tier, das auch Scheiße von anderen Tieren frisst, weil dort noch Sachen drin sind, die es sich rauspickt. Eigene Scheiße fressen geht schon deswegen nicht, weil die ausgekackten Gifte das Tier töten würden. Klar, mein Guter?", fragt Karl und blinzelt Gisela dabei an.

Er zeigt wieder einmal wie schlau er ist. Gisela ist sauer, weil Karl sich immer so ordinär ausdrückt und das auch noch beim Essen und überhaupt dieses Thema noch dazu.

„OK, es leuchtet mir ein, was du sagst Karl. Ich habe noch nie darüber nachgedacht, was die anderen Leute mir über das Schwein erzählt haben", erwidert Osman.

„Du solltest immer über das nachdenken was die Leute sagen, insbesondere bei Politik und Religion. Hier passt es den Leuten in den Kram, wenn sie dem Schwein etwas anhängen können und erfinden deshalb einfach solche Märchen. Nein, nein, die Geschichte mit dem Schweinefleisch und deinem Mohammed sehe ich ganz anders. Weißt du, die Juden hatten schon das Schwein aus ihrem Speisezettel gestrichen, als sie damals vor vielen Jahren noch lange vor Mohammed durch die Wüste zogen. Hier war es sehr heiß und man konnte es auch nicht lange kühl aufbewahren. Schließlich war man ja auf einer Reise durch die Wüste. Da bleibt man nicht gern länger auf einer Stelle, wenn man keinen Kühlschrank und keine Klimaanlage hat, verstehst du? Dann haben sich wohl einige von den Burschen am Schwein den Magen verdorben oder sind daran krepiert.

Einen Fleischbeschauer kannten die damals auch nicht. Der Onkel guckt sich nämlich das geschlachtete Tier an und untersucht es nach Trichinen. Diese Viecher sind höchst gefährlich für den Menschen. Er stempelt die Tiere ab und du kannst es dann essen. Die wussten damals so was nicht, also hat man das Schwein einfach vom Speisezettel gestrichen. Es ist nicht koscher, sagen die Juden heute noch. Hätten die Doofmänner damals das Schwein gekocht, wäre auch nichts passiert. Waren wohl Feinschmecker und mussten unbedingt Tatar essen, diese Idioten. Na ja, damals war das schon richtig, wozu das Risiko.

Dein Mohammed war ein Schlauer und hat wohl von den Juden einiges übernommen, wie das so in Religionen üblich ist. Außerdem hat er wohl darüber hinaus noch gemeint, das es gut für die Gemeinschaft ist, wenn sie sich häufiger in der Moschee sehen. Der Nebeneffekt ist, sie bleiben dabei schlank und gut trainiert, wenn sie so oft den Weg hin und zurück erledigen müssen. Ramazan, die Fastenzeit entschlackt den Körper. Der war also auch Mediziner. Dadurch, dass die sich immer gesehen haben und blöde Hungerkuren also Opfer erbracht haben, hat er die Truppe noch enger zusammen gekriegt. War schon ein schlauer Fuchs, dieser Mohammed. Und fürsorglich war der auch. Wenn es nicht so viele Männer gab, weil die in den Kriegen umgekommen sind, so bekam ein Mann dann mehrere Frauen. Je nach Wohlstand des Mannes natürlich. Außerdem hat man dann schnell wieder eine Armee zusammen. Man musste sich ja verteidigen. Ja, ja hat alles schon so seinen Sinn gemacht damals, Weißt du. Damals, aber heute ist heute und heute haben wir einen

Kühlschrank und Fleischbeschauer. Fasten tun bei uns auch genug Bekloppte, soll angeblich gesund sein. Es gibt genug Männer. Fifty, fifty nämlich, das richtet die Natur so ein wenn Frieden ist", erklärt Karl dem still zuhörenden Osman.

„Karl, du Weißt wirklich sehr viel und ich danke dir, dass du mir alles so genau erzählst. Es ist auch sehr interessant was du mir über unseren Propheten berichtet hast. Weißt du, ich bin mit der Religion groß geworden. Ich denke nicht über Sinn und Entstehung des Islams nach. Wir glauben einfach daran und beachten seine Regeln. Für uns ist Islam eine Lebenseinstellung weniger eine Religion. Es ist eine tolerante Weltanschauung. Wir wollen die Leute nicht von unserer Religion überzeugen, oder wie du es nennst, bekehren. Wer kommen möchte, ist willkommen. Es spielt keine Rolle wer er ist, wo er herkommt und was er ist. Er ist willkommen.

Eine sehr tolerante Form des Islams ist z.B. Mevlana. Vor ca. achthundert Jahren gab es in Konya die Derwische. Ihre Lehre hatte schon damals die Wissenschaften willkommen geheißen und gefördert. Sie sind durch ihren Derwischtanz bekannt. Dabei drehen sich die Tänzer in weißen langen Gewändern und sehr hohen zylinderförmigen braunen Filzhüten um die eigene Achse und bilden einen sich fortbewegenden Kreis. Eine Hand ist dabei nach oben gerichtet, die andere weist auf den Boden. Diese Symbolik bedeutet, dass sie etwas empfangen und es weiter geben. Es wird auch spirituell ausgelegt. Der Islam ist, wie schon gesagt, eine Weltanschauung, kein Dogma. Sicher wurde er von den Mächtigen der Welt politisch benutzt, wie auch eure Religion. Man kann sich an dem Islam orientieren, man wird aber nicht dazu gezwungen, ihn bedingungslos zu beachten. Fanatische Gruppen fordern dies aus eigener Überzeugung. Es ist im Islam aber so nicht vorgeschrieben worden, eher im Gegenteil. Toleranz in der Gläubigkeit wird größer geschrieben, als fundamentales Beharren und bedingungsloser Gehorsam. Für mich ist Islam wie eine gute Erziehung für das Leben" erwidert Osman.

„Das hast du wunderschön erzählt", freut sich Karl und reibt sich vergnügt seinen dicken Bauch, haut sich wie immer wenn er erfreut ist, auf die Schenkel und klatscht danach in die Hände.

„Du bist schlau und Weißt auch sehr viel zu erzählen. Fein, wirklich gut. Mal sehen, ob du auch so schlau und fein das Geld vermehren kannst? Bin gespannt, wie das weitergeht. Enttäusche mich nicht, lieber Osman", lacht Karl.

Osman verabschiedet sich von Karl und Gisela. Er will es dem Deutschen zeigen. Will ihm beweisen, dass er erfolgreich sein kann. Er hat schon einen kleinen Laden gesehen, den er früher schon mieten wollte, aber leider reichte sein Geld nicht einmal für eine Monatsmiete.

Die Tage vergehen. Karl genießt das Leben, faulenzen, gut essen, am Strand liegen und natürlich Cola, literweise Cola. Er fährt total ab auf Cola.

Bekommt er einmal Pepsi, anstatt Cola beschwert er sich umgehend mit den Worten: "Hörmal, ich hab Cola gesagt, das Zeug hier kannst du selber trinken."

Er liegt gern am Strand, Sonnenbrand ignoriert er. Wieso Sonnenbrand, die tut doch nichts, die Sonne, ist doch schön, sagt er und lacht dabei und freut sich über das Unverständnis des Fragenden. Alle Viere von sich gestreckt liegt er da, und schläft mit ohrenbetäubendem Schnarchen mitten in der prallen Sonne - seine Lieblingsbeschäftigung. Dieser geht er zwei- bis dreimal am Tag nach, mit unerschütterlicher Ausdauer. Oft leitet er seine Nickerchen mit den Worten ein: „Ist das nicht schön!" Dann breitet die Arme aus, rekelt sich wohlig und schließt die Augen.

Gisela trifft sich, wie immer heimlich, mit ihrem Liebhaber, dem netten Kellner, ihrem Ali. Sie ist selig, happy, total abgehoben, auf Wolke sieben oder auf Alis fliegendem Teppich. Das Leben ist wunderschön. Wenn er das Letzte gegeben hat, sie richtig fertig gemacht hat, alles aus ihm raus ist und sie nur noch keuchend und nach Luft schnappend, vom fünffachen Orgasmus zugedröhnt ist, verdreht sie die Augen, den Mund geöffnet und lallt nur noch.

Ali Ali", mehr sagt sie meistens nie.

Sie unterhalten sich eigentlich wenig. Dafür beim Sex um so mehr, allerdings nur durch Laute und Worte - einzelne aus sich heraus gepresste wie:

„AAAH, OOCH, JA... JA, JA, oder EHH, EHH, UIIH, UIIH und ÖFF, ÖFF... KOMM, KOMM, GEL, GEL, JA, KOMM, KOMM... ICH KOMMEEEE... ÖFFFFFF

Heute aber ist alles anders, wie am Anfang, als er sie umwarb - er redet.

„Du Schatzi, ich dich lieben. Du mein groß Liebe. Ich nur lieben Gisela. Andere Frau ich schauen nicht, du. wissen", säuselt er schleimend auf sie ein.

„Ich weiß, ich liebe dich auch, ich möchte immer mit dir zusammen sein, es ist so schön mit dir, mein Ali" erwidert sie.

„Ja, aber das Problem, groß Problem, deine Mann, Karl, immer da. Ich auch wollen immer zusammen sein mit Gisela, meine Schatzi. Aber Karl, was du machen mit Karl. Warum du zusammen mit Karl. Du nicht lieben Karl. Du lieben Ali. Ali deine Schatzi. Was du denken? Du musst Weg finden oder ich reden mit Karl, ich sagen alles, du meine Schatzi, ich sagen alles Karl. Wir weggehen, meine Stadt gehen. Karl nicht kommen mit. Ich sagen alles", bedrängt er sie unaufhörlich.

„Ali, liebster Ali, bitte sprich nicht mit Karl, lass mir bitte noch etwas Zeit, ich werde bald mit Karl darüber reden. Wir gehen weg zu deiner Familie nach Adana. Ich freue mich schon riesig darauf deine Eltern kennen zu lernen. Aber bitte sprich nicht mit Karl, bitte, bitte tu das nicht", fleht sie ihn an und streichelt dabei sanft seinen muskulösen Bizeps.

Sie denkt an die zehntausend DM, die sie am Anfang von dem Geld abgezweigt hat. Für den Anfang wird es reichen. Später wird ja ihr neuer Mann, Versorger, Besorger und Beschützer für sie sorgen und Geld verdienen. Sie braucht auch nicht viel, wenn sie nur ihren Ali hat, das ist mehr als genug. Ali, ach Ali, das wäre wunderschön.

Ali denkt auch an das viele schöne Geld - DM. Reich sein, nicht mehr arbeiten. Er wird andere Frauen haben, viele Frauen. Seine Freunde werden ihn beneiden, ihm Respekt erweisen. Er kommt zurück in seine Stadt als reicher Mann. Das Geld und die Frau gehört ihm. Allah ist gnädig, Allah liebt Ali. Er hat ihm diese Frau mit dem vielen Geld geschickt. Er kann seinen drei Kindern endlich alles geben. Das vierte. Kind ist unterwegs, auch dieses wird alles haben. Sein ältester elfjähriger Sohn wird nicht wie die anderen Kinder nach fünf Schuljahren arbeiten müssen. Er wird weiter lernen können, eventuell sogar studieren, Doktor oder Anwalt, vielleicht auch später Politiker. Dann kommt Geld, viel Geld. Die ganze Familie wird glücklich sein. Seine Frau kann ihm noch ein paar Kinder schenken, viele Söhne, am liebsten Söhne, die bringen mehr Geld als Töchter und versorgen ihn, wenn er alt ist. Er denkt an seine dicke Cousine Fat-ma (häufiger türk. Frauenname, hier: fat, englisch = dick und ma =Mama) in Alanya. Die ist jetzt reich, weil sie das

geerbte Land mit einem Hotel bebauen ließ: fünf Sterne, eintausend Betten. Sie lebt im Luxus, hat ein schönes Haus direkt am Meer. Mit Swimmingpool, herrlichem exotischem Garten mit großen Palmen, Rosenbeeten und vielen anderen Pflanzen, die er vorher noch nie gesehen hat. In der Eingangshalle des Hauses liegt ein riesiger Seidenteppich. Die Fußböden sind aus geschliffenem Marmor. Viele Zimmer, Bäder und Fenster mit runden Bögen gibt es in der großen, weißen Villa. Er denkt an Fat-ma's Bruder Fakir (arm). Er arbeitet in dem Hotel als Oberkellner. Zu mehr hat es vom Verstand her nicht gereicht. Der schneidige Manager kommt aus Ankara. Hat Tourismus studiert und leitet das Hotel. Die anderen Brüder haben nach wie vor ihre kleinen Geschäfte in der Stadt und verpachtete Ländereien auf dem Lande. Sie haben alles damals vor zwanzig Jahren von dem Vater geerbt. Die Tochter bekam den fruchtlosen, salzigen Ackerboden an der Stadtgrenze. Dann sind die Touristen gekommen. Die brachten viel Geld und die Stadt breitete sich aus. Es wurden Hotels gebaut - immer mehr. Eines Tages kam ein Bauunternehmer zu Fat-ma und machte ihr ein Angebot. Sie bekam 40% Anteil an dem Hotel, dafür gab sie das Grundstück zur Bebauung frei. Eigentlich hat sie nichts investiert oder gemacht, nur Glück hat sie gehabt, viel Glück, wie ein Sechser im Lotto.
Sie wird mit ihm kommen, diese Deutsche. Ein wunderbares neues Leben, Allah ach Allah, ich danke dir.

Der Liebhaber

Nach langen schlaflosen Nächten fällt Gisela ihre Entscheidung. Sie kann es Karl einfach nicht sagen. Ihr fehlt der Mut dazu. Er wird sie wahrscheinlich auslachen, verhöhnen und sie für den Rest ihres Lebens mit Missachtung strafen und kein Wort mehr mit ihr reden. Vielleicht wird er sogar ihren geliebten Ali beschimpfen und anschließend mörderisch verprügeln. Nein, auf gar keinen Fall soll das geschehen. Sie wird einen langen ausführlichen Brief schreiben und heimlich mit Ali die Stadt verlassen. Am nächsten Nachmittag verlassen sie den Ort. Sie konnte nur das Notdürftigste packen. Karl war am Strand, viel Zeit blieb nicht. Hastig und Hals über Kopf ging's in den nächsten Dolmuş (Minibus), Richtung Adana.

Karl kommt vom Strand, betritt die Wohnung, öffnet den Kühlschrank, greift zur geliebten Cola und sucht die Fernbedienung des Fernsehers als er den Abschiedsbrief findet. Er öffnet den Brief, liest ihn aufmerksam, still, ohne Aufschrei, bis zum Ende und fängt dann kräftig an zu lachen.

„Die ist doch noch blöder als ich dachte. Brennt mit so einem schwanzgesteuerten und abgewichsten Türken durch, einem Kellner. Sie will mir das Geld sogar wiedergeben, später will sie es zurückzahlen. Mein Gott, wie bekloppt ist die eigentlich, diese selten dusselige, blöde Kuh. Ist natürlich alles gequirlte Scheiße, was die im Kopf hat. So'n Mist, was mach ich jetzt?", denkt er und knüllt den Brief zusammen.

Er verlässt die Wohnung und geht zu seinem besten Freund Haschürt (Reinziehen), dem Juwelier. Hier hat er schon ein Vermögen, einige 'zig Tausend Mark gelassen für Gisela und später, als der Goldrausch auch über ihn kam, auch für sich selbst.

Was haben sie nicht alles gekauft, kaum zu fassen. Auch seine Freunde aus Deutschland kommen immer wieder zu Haschürt und kaufen auf Teufel komm raus alles was er ihnen anbietet. Jedes Jahr aufs neue, das gleiche erstaunliche Spiel. Sagenhaft, man muss das erlebt haben. Sie kommen nur um den lange nicht mehr gesehenen Freund und Juwelier Hallo zu sagen, schauen schon mal in die Vitrine, was es Neues zu sehen gibt und kommen regelmäßig jeden Abend wieder, bis etwas gekauft wurde. Dann ist aber noch immer keine Ruhe, nein, sie kommen wieder und kaufen eventuell noch einmal etwas, ebenso sinnloses Geschmeide, um in der Regel den Nachbarn, Freunden und Verwandten zu zeigen, was sie sich alles im Urlaub so leisten können. Ja diese armen Geschöpfe, die sich in Deutschland im grauen und tristen Arbeitsleben abrackern, schuften, sparen und vom wohlverdienten Urlaub träumen, sind schon merkwürdig anzusehen, wenn sie dann viel Geld für viel Sinnloses ausgeben.

Haschürt freut sich schon, wenn er bekannte Gesichter sieht. Die übliche Zeremonie bei der Begrüßung. Herzliche Umarmung, Küsschen links, Küsschen rechts, strahlende Augen und fragen wie's geht. Mit anderen Worten, bei der Umarmung den Kandidaten auf Waffen untersuchen, knutschen, ansabbern, ablecken und dabei Krankheitserreger übertragen, um das Immunsystem zu testen. Erstaunlich ist auch, dass er alle seine willigen Opfer mit Vornamen kennt. Nie wird dann sofort zur Sache gekommen. Nein, die wesentliche Sache wird quasi vergessen. Das weibliche, gutmütige Schaf wird erst eingesponnen und vollgeschleimt. Dabei wird ständig mit den strahlenden, fixierenden, möglichst hypnotisierenden, erotisierenden Augen angemacht, gelockt, erobert, geschmeidig gemacht und erlegt. Ist ein männlicher Begleiter zugegen, wird dieser natürlich nicht ausgespart. Er gehört selbstverständlich durch Zufriedenstellen mit

Cola Whisky und kumpelhaftem, verständnisvollem Gesülze mit dazu. Will dieser sogar eine Uhr kaufen wird alles genau, hoch technisch, sachlich und in aller Herrgotts Ruhe erklärt. Ja, Haschürt ist schon ein geiler, cooler, gut aussehender Typ. Immer auf zack, höflich, nett, Kumpel, humorvoll, charmant, dezent anmachend und zielstrebig.

Er ist in Deutschland aufgewachsen, zur Schule gegangen und hat eine Ausbildung als Schlosser mit Facharbeiterbrief erfolgreich abgeschlossen. Seine handwerkliche Geschicklichkeit hat er vom Vater geerbt.

Seine Eltern waren dreißig Jahre in Deutschland und sind jetzt in die Türkei zurückgekehrt. Sie verleben nun die lang ersehnte und hart erarbeitete Rente. Der Vater ist damals nach Deutschland als Gastarbeiter gekommen, aufgrund des Gastarbeiterabkommens zwischen der Bundesrepublik und der Türkei. Das Wirtschaftswunder war im vollen Gange und es wurden dringend Arbeiter gesucht, billige Arbeitskräfte aus der Türkei. Sie halfen kräftig mit, das Bruttosozialprodukt zu steigern. Auch haben sie einen erheblichen Beitrag zur Sozialversicherung geleistet, Geld im Land gelassen und das wenige, was übrig blieb, gespart und teilweise in die Türkei zu ihren Familien geschickt. Für viele von ihnen war es eine harte Zeit. Kaum einer konnte Deutsch. Die Menschen und die Umgebung waren ihnen fremd und die lieben Angehörigen in weiter Ferne.

Wie auch Haschürts Vater, kamen zunächst die Männer und holten oft Jahre später ihre Frauen und Kinder nach. Das alles waren schwere Belastungen für die Beziehungen und für die Kinder, die ihren Vater kaum noch kannten. Oft lebten sie in den Anfangsjahren mit anderen Leidensgenossen zu mehreren in einer Wohnung. Für Privatsphäre war da kein Platz. Sie hielten zusammen, sprachen in ihrer vertrauten Sprache und lebten in erster Linie, um zu arbeiten.

Viele große Firmen haben Wohnsiedlungen für die Gastarbeiter geschaffen. Wenn dann die Familie dazu kam, war eine Unterbringung in den firmeneigenen Unterkünften gewährleistet. Durch die Ghettobildung lernten die Frauen kaum oder gar kein Deutsch. Auch die Männer lernten nur bedingt und schlecht die Sprache des Gastlandes. Nur die Kinder lernten durch die Schulpflicht richtig Deutsch sprechen, lesen und schreiben. Ihre Spielkameraden waren aber in der Regel türkisch. Auch sie sind aus dem Ghetto nie richtig heraus gekommen.

Eine Integration ist nicht zuletzt auf Grund der Kasernierung unmöglich geworden. Heute sind ganze Stadtteile in türkischer Hand. So sagt man, dass Berlin-Kreuzberg die größte türkische Stadt außerhalb der Türkei ist. Hier leben Tausende von Türken auf einem Fleck, der außerdem auch andere problematische Randgruppen beheimatet. Also schon eine kleine Stadt.

Leider ist dies nur eine Wiederholung der anfänglichen Gastarbeiterbaracken. Eine neue Ghettobildung, nur wesentlich größer, bewirkt ebenso keine Integration. Die Gefahr abzugleiten und auf die schiefe Bahn zu geraten wird eher größer. Die misslungene Integration ist von beiden Seiten verschuldet worden. Aus der Sicht der türkischen Familie bestand kein Anlass, in eine Mietwohnung zu ziehen, in der nur Deutsche wohnen, die einen misstrauisch anschauten. Man blieb also lieber unter sich. Man glaubte damals auch an eine baldige Rückkehr in die Heimat. Was wohl auch von den damaligen Vertragspartnern bei den Gastarbeiterverträgen angedacht war, aber nie verbindlich festgeschrieben wurde, wie in der Schweiz zum Beispiel.

In der Tat, die deutschen Bewohner und Vermieter wollten die Türken auch nicht in ihren Häusern. Diese Ressentiments gegenüber Türken und Ausländern sind bis heute noch vorhanden und nur schwer aus den Köpfen zu bekommen, insbesondere dann, wenn es andere fremde Kulturkreise betrifft. Eine völlige Integration türkischer Familien oder deren Teile sind in der heutigen wiedervereinigten Bundesrepublik Deutschland in geringem Maße erreicht. Diese kommen überwiegend aus gebildeten Akademikerkreisen. Ein katastrophales Armutszeugnis für beide Seiten.

Die heutigen Vorbehalte und Vorurteile der Deutschen gegenüber den türkischen Mitmenschen sind zwar geringer als am Anfang. Sie werden jedoch auch geschürt durch eine überproportional hohe Kriminalitätsrate, insbesondere unter den jugendlichen Türken, die durch geringere Qualifikation in der Ausbildung als erste durch das Rost auf dem zunehmend härter umkämpften Arbeitsmarkt fallen. Bekommt dennoch ein junger Türke den Arbeitsplatz, kommt Neid und Missgunst bei den Deutschen schon mal auf. Für Parolen von rechten Parteien werden sie empfänglicher, was zusätzlich die Situation verschärft, anheizt und negativ beeinflusst. Eine Beseitigung der Arbeitslosigkeit, insbesondere der Jugendarbeitslosigkeit, mit ihren unsäglichen Folgen auf sozial gesellschaftlicher Ebene, kann hier einen erheblichen, dringend notwendigen Beitrag leisten. Alle anderen Bemühungen sind sicherlich sinnvoll, aber sehr langwierig.

All diese Probleme in Deutschland, wo sie ihr halbes Leben verbrachten, haben Haschürts Eltern hinter sich gelassen. Sie werden nun ein anderes Leben führen, ein angenehmeres, ohne Sorgen, aber doch noch gut bekanntes stressfreieres und sorgloseres Leben.

Sie haben immer Kontakt gehalten zu ihren Verwandten und Freunden. Haben ihren gesamten Urlaub hier verbracht und alte Bindungen so am Leben erhalten. In der Heimat die Altersruhe genießen, davon haben sie immer geträumt und gehofft, dass es eines fernen Tages endlich soweit sein wird. Jetzt sind sie angekommen, am Ziel, ein lang ersehnter Wunsch wird endlich wahr. Haschürts Mutter ist froh und glücklich, endlich nicht mehr Deutsch sprechen zu müssen, unter den Verwandten zu sein, die Enkelkinder um sich herum zu haben, Allah ist groß. Der Vater ist natürlich auch happy, aber anders, nachdenklicher. Sein Leben lang hat er gearbeitet in der Fabrik in Deutschland. Immer in der gleichen Fabrik. Er kannte jeden, alle unterhielten sich gern mit ihm, machten gemeinsam Scherze. Im nachhinein war es doch eine schöne Zeit. Seine gleichgesinnten Leidensgenossen und Freunde wird er vermissen, auch die deutschen Arbeitskollegen und Freunde. Was wird sein? Es wird schon gut werden in der Heimat, seine Frau ist überglücklich. Er wird auch mal nach Deutschland fahren und die alten Freunde besuchen. Besonders denkt er an Ahmet, seinen besten Freund. Schade, der muss noch ein Jahr bis zur Rente weiterackern. Mit ihm ist er damals zusammen nach Deutschland gereist, hat ihn auf der Überfahrt kennengelernt. Ja, lang ist es her. Was wird werden?

Karl betritt Haschürts Juweliergeschäft und wird wie immer freudestrahlend begrüßt.

„Mensch Karl, wie geht's. Wir haben uns lange nicht gesehen. Was macht's du so? Wo hast du gesteckt? Komm setz dich. Möchtest du etwas trinken?", wird er von Haschürt überschwenglich begrüßt, nachdem die türkische Willkommenszeremonie ohne Verletzungen abgeschlossen wurde (Waffenkontrolle und Krankheitsübertragung).

„Mir geht es scheiße, meine Olle, die blöde Kuh ist abgehauen. Mit diesem Arschloch, dem Kellner aus der Kismet Bar. Ali, diesem Weiberheld, dem ich nicht einmal meine eigene Großmutter anvertrauen würde. Der nimmt doch alles was sich noch bewegt und nicht schnell genug den Baum hochkommt. Hauptsache sie atmet noch. Der nimmt sogar meine Alte! Hä, hä, hä ist der blöd. Mann, das gibst doch gar nicht, ja hau ich denn ab,“ erklärt Karl aufgeregt und versucht durch seine makaberen Scherze die peinliche Lage zu überspielen.

Heute hat Haschürt andere Arbeit zu leisten. Er redet ruhig und sachlich mit Karl nachdem dieser seinen ersten Schock überwunden hat. In seinem Job hat er viel Menschenkenntnis erworben. Täglich ist er mit Kunden im Gespräch und hat so eine Menge gelernt. Als Karl wie ein begossener Pudel mit hängenden Ohren den Laden verlässt, nimmt er sich vor, ihn heute Abend zu besuchen, nach Feierabend.

Gisela sitzt mit rotglühenden Wangen neben ihrem Angebetetem im Dolmuşbus und streichelt unaufhörlich auf den frohlockenden Ali ein. Der Dolmuş hält an jeder am Straßenrand winkenden Person. Es ist ein privat organisiertes Transportmittel, ein kleiner Minibus, mit dem jeder, der sein Mitfahren durch Zeichen bekundet, mitgenommen wird. Gegen geringes Entgelt kommen sie in Alanya an. Hier geht es weiter mit einem Überlandbus erster Klasse, Marke Mercedes, die hier in der Türkei hergestellt werden. Diese Busse sind auf dem neusten Stand der Technik, mit Klimaanlage ausgestattet und mit Service an Bord, der für Getränke und kleine Snacks sorgt. Auch sie sind privat wirtschaftlich organisiert, wie die Dolmuşbusse.

„Ach, Ali, mein lieber Ali, wir werden immer zusammen sein. Ein wunderschönes Leben wird es sein. Und all die lieben netten Leute aus deiner Stadt werde ich kennenlernen, von denen du mir so viel erzählt hast. Sie sollen sogar noch lieber und zuvorkommender sein, als in Avsallar, hat er mir erzählt. Sie gehen jeden Tag in die Moschee und sollen ganz tolle Menschen sein. Und deine Eltern und Geschwister, was müssen das erst für wunderbare Leute sein, so wie du wahrscheinlich, ach wird das schön sein", denkt sie und träumt von einer himmlischen Welt auf Erden, wo alle Menschen gut sind.

Sie driftet ab in ihren Gedanken hin zu Erotischem, zu Gefühlen und Verlangen. Die Reise, die hohen positiven und negativen Emotionen der letzten Tage, die Nähe Ali's, das macht sie empfänglich für erotische Gefühle, es stimuliert sie. Sie ist wie im Rausch, verliebt und nie gekannte Lustgefühle schütteln sie, werfen sie hoch, in eine unbekannte, faszinierende Welt der Lust und des Verlangens.

Mit Karl war das nie so, aber es gab vor Karl jemanden, bei dem sie ähnlich empfand. Es ging zwei Monate gut, dann hat er sie verlassen. Eine andere Frau war der Grund. Nie wird sie den Schmerz und die menschliche Enttäuschung vergessen. Dann kam Ali und alles war wie damals. Sie mochte Karl, er gab ihr Sicherheit, aber Liebe war es nie. Sie hatte aus der Angst heraus, keinen Mann mehr abzubekommen, geheiratet.

Die damalige Gesellschaft hatte solche Zwänge auch aus finanzieller Not heraus entwickelt. Eine Frau musste im heiratsfähigen Alter unter der Haube sein oder sie wird als alte Jungfer für den Rest des Lebens geächtet und bedauert und in armen und völlig abhängigen

Verhältnissen leben. Genauso sind die gleichen Umstände, die zu einer Heirat aus Not führen (Notlösung), heute noch in der Türkei, überwiegend bei der unterentwickelten Landbevölkerung anzutreffen.

Es gibt einen unmittelbaren Zusammenhang zwischen dem Emanzipationsgrad und dem finanziellen Unabhängigkeitsgrad der Frau. Je mehr materielle Freiheit gegeben ist, um so freier, unabhängiger, also emanzipierter, ist die Frau. Dies ist wohl immer der erste Schritt: das Erreichen der finanziellen Unabhängigkeit, die fast nur durch Bildung, Ausbildung (Beruf) und gleiche Chancen zur Berufsausübung und gleiche Entlohnung (im Idealfall) zu erreichen ist. Hier hat die Emanzipationsbewegung in der Türkei noch wesentlich mehr zu leisten als in Deutschland.

Im allgemeinen: Eine Angleichung, Annäherung der Geschlechter sollte auch aus männlicher Sicht erfolgen. Eine ähnliche Erziehung wie sie das Mädchen erhält, bringt ein soziales ein Wir-Gefühl. Der starke Mann, der von vielen Frauen dummerweise oft gesucht wird, weil das Vaterbild oft so ist, geht so verloren. Männer sind nicht stärker, sie glauben nur, es zu sein oder sein zu müssen, weil sie so erzogen wurden, es ihnen immer eingeredet wird und es ewig von ihnen gefordert wird. Es gäbe dann hoffentlich kaum noch Machotypen, die nicht nur die Frauen sondern natürlich auch die Männer drangsalieren und oft die hässlichen angeblich erfolgreichen Bosse spielen. Wir brauchen keine Tierwelt. Auch die Türkei ist mit ihrer Machoerziehung nicht weit gekommen. Sie ist dadurch nicht erfolgreicher geworden. Leader gleich welchen Geschlechts sollten sich durch Geist, soziales Verhalten und Weitsicht auszeichnen und nicht durch Unterdrückung, Willkür und Machtmissbrauch. Also wäre es sinnvoll und wünschenswert der Machotyp stirbt langsam aus, durch

Umdenken in der Erziehung. Glücklichere Familien, eine angenehmere Arbeitswelt und eine harmonischere Welt wäre der Erfolg in ferner Zukunft.

Gisela ist das typische Beispiel, das damals in Deutschland heranwuchs und heute in der Türkei in der Mehrzahl anzutreffen ist. Sie ist stellvertretend für eine untertänige, unselbständige, abhängige Frau, die die Schmerzen der Unterdrückung durch den Mann scheinbar narkotisiert erträgt. Die Narkose ist im psychischem Sinne zu verstehen. Sie rebelliert nicht, kritisiert kaum, hat selten eine eigene Meinung und fügt sich in ihr Schicksal.

Ihre Rebellion, das Davonlaufen mit ihrem Ali passt auf den ersten Blick, nicht zu ihrer eigentlichen Persönlichkeit. Es kann zunächst nur durch Hörigkeit im schlimmsten Falle oder unbewusste Akzeptanz einer neuen Abhängigkeit verstanden werden. Sie geht also von einer Abhängigkeit zu einer anderen, aber wird durch Erfüllung der sexuellen Wünsche offenbar überreichlich entlohnt. Die materielle Sicherheit ist unwichtiger (ungewichtiger) als die neu erfahrene Erfüllung der sexuellen Bedürfnisse. Sie wechselt quasi den neuen materiellen Reichtum gegen Sexerfüllungsreichtum ein, die Abhängigkeit vom Mann bleibt in Frage gestellt bestehen. Diese Abhängigkeit vom Mann wird darüber hinaus jedoch durch das Verhalten Alis aufgeweicht und macht ihr Leben angenehmer. Ob er ihr etwas vorspielt oder nicht, ist hier nicht entscheidend. Wichtig und einzig entscheidend ist, dass sie daran glaubt. Sie ist naiv und glaubt an das Gute im Menschen. Dass sie jemand dermaßen hinter das Licht führen kann, ist ihr völlig unvorstellbar, es handelt sich außerdem ja auch noch um Liebe, was die Menschen offenbar paralysiert, hypnotisiert, rationelles Denken blockiert und blind macht. Ali erscheint nicht als Macho, sondern als

Beschützer. Er hebt ihr Selbstbewusstsein durch Komplimente. Er ist verständnisvoll und kritisiert nie, immer aufmerksam, höflich, aber selbstbewusst und männlich, außerdem bumst er sie auch noch wie ein brünstiger Elch. Welche Frau kann da widerstehen? Er weiß wie es geht, er ist Profi. Durch jahrelange Erfahrung mit Touristinnen kennt er alle Tricks und Frauentypen, insbesondere ihre Schwächen und Wünsche erkennt er sofort. Seine Skrupellosigkeit zeichnet ihn aus. Er ist der Typ der über Seelen geht. Auch hat er dadurch schon oft Selbstmordversuche provoziert, ihm ist das aber völlig egal, es sind ja nur reiche Touristen, was schert's ihn. Er weiß, er wird einmal das große Los ziehen und seine Familie wird dadurch materiell unabhängig sein. Seine Familie ist sein ein und alles und das wichtigste auf der ganzen Welt. Sie kommt noch vor Atatürk und der Türkei. Dies ist die Rangfolge Familie, Islam und gleichzeitig Atatürk und die Türkei. Alle anderen Werte sind unwichtig und nicht erstrebenswert.

Das ganz große Los hat Ali in der Hand und wird es auf jeden Fall einlösen. Von diesem „netten geliebten Menschen" träumt Gisela .Sie sitzt unwissend und geblendet in der Falle. Das Spiel von der Schlange und der hypnotisierten Maus beginnt. Karl ist verunsichert, das gab's in seinem Leben noch nie. Er ist erschüttert und überspielt es mit Humor. Haschürt sieht eine Chance. Die Versicherungsgesellschaft stellt erste Nachforschungen an. Bald explodiert das Pulverfass.

Es klingelt bei Karl an der Haustür, sein Freund Haschürt kommt zu Besuch. Vom vielen Angesabber sind beide noch nicht krank. Ein neuer Versuch wird unternommen. Die Begrüßung ist vorbei, Haschürt sitzt vor seinem Glas Cola Whisky und Karl vor der heiß geliebten Cola pur. Haschürt beruhigt Karl und macht ihm klar, dass seine Frau bald wieder bei ihm sein wird. Dies lehnt Karl zwar ab, aber es wäre schon ein Stück Genugtuung wenn's denn so käme, denkt er. Die Verwirrung ist dennoch groß, es lebt das reine Chaos in seinem heißgelaufenem Kopf. In dieser Verfassung hört er ein partnerschaftliches Angebot von Haschürt.

„Karl, du bist mein Freud, ich habe ein Problem, diese Säcke wollen Geld von mir für das gelieferte Gold und ich weiß nicht woher. Ich komm mit dem Arsch nicht weg von der Wand. Ich kann die anderen nicht fragen. Ich will mit denen nichts zu tun haben. Ich werde dich am Geschäft beteiligen wenn Du willst. Ich brauche jetzt dringend zwanzigtausend DM. Kannst du mir das Geld geben?", fragt er mit verzweifeltem, sorgenvollem Blick.

„Mann, Haschürt, warum hast du mir nicht eher von der Sache erzählt. Du Weißt doch, du bist mein Freund und wenn ich helfen kann, tu ich es gern. Morgen geh ich zur Bank und du bekommst dein Geld, Problem yok (kein)." erwidert Karl hoch erfreut, endlich kann er was machen, helfen, etwas Positives, Gutes tun.

Haschürt bedankt sich, küsst ihm die Hand, verbeugt sich und windet sich wie ein untertäniger Wurm, es fehlen nur noch die Tränen der Freude und Dankbarkeit, um das Schauspiel perfekt zu machen. Seine Armseligkeit und Unterwürfigkeit löst bei Karl herzzerreißendes Mitleid aus. Er bittet seinen Freund, den Kopf oben zu behalten, schließlich sind sie Freude, er möchte ihn stolz und nicht untertänig sehen, er sei ja da, es wird alles gut. Auch in Zukunft wird er ihm helfen, na klar, Problem yok (mal wieder). Sie verabschieden sich. Die Abschiedszeremonie wie immer: Kontrolle ist besser. Nach dem Ablecken kommt schon mal die Frage auf: „Wieso ist der noch nicht infiziert?"

Investitionen und Erfahrungen

Karl nimmt einen kräftigen Schluck seines Lieblingsgetränks und plumpst in den weichen Sessel. Seine Gedanken sind bei Haschürt: Ein netter Kerl dieser Haschürt, ehrlich, dankbar, ein armes Schwein, na ja, das ist erledigt. Beteiligung an seinem Geschäft, klingt gut. Warum eigentlich nicht. Diese bekloppten Deutschen und ja auch wir haben eine Menge Geld hier gelassen. Wieso eigentlich nicht. Kann man 'ne Masse Kohle machen. Hä, hä, ha. Ich werd' mich bei ihm einkaufen und dann geht die wilde Fahrt los. Ist doch gut, richtig gut.

Er reibt sich die Hände und freut sich wie ein Schneekönig oder wie ein kleiner Junge, der sein leckeres Eis kommen sieht. Nach kurzer Freude über das lukrative Geschäft auf Kosten der Touristen holt ihn die traurige Wirklichkeit wieder ein: , Gisela, so'n Scheiß, was soll ich bloß machen?"

Diese Frage beschäftigt ihn immer wieder. Er kann sie nicht beantworten, weiß keine Lösung und glaubt insgeheim, das sie heulend, zähneklappernd und elendig auf allen Vieren angekrochen kommt.

„Ja, Haschürt glaubt das ja auch. Also nichts machen, abwarten und Cola trinken."

Er ist ein einfacher Mann. Hat viel in seinem Leben gearbeitet, geschuftet, geackert, seine Frau kaum gesehen, Überstunden gekloppt wie ein Irrer. Er war in Istanbul auf Montage und hat die erste Brücke über den Bosporus mitgebaut. Die Betonarbeiten unter Wasser für die Pfeiler herzustellen, war mit seine Aufgabe. Auf beiden Seiten haben sie angefangen zu bauen und trafen sich leider nicht exakt in der Mitte. Eine seiner Lieblingsgeschichten. Hierbei kann er als einfacher Arbeiter dann so richtig über die Ingenieure oder wie er sie oft nennt, „die Klugscheißer und Vollidioten", mit Genugtuung herfallen. Er war in Ostberlin bei den „Affen", wie er sagt.

„Den Fernsehturm konnten die Idioten nicht selbst machen, also haben sie uns angeheuert. Und den Beton haben sie geschmuggelt", erzählt er.

„Die Vopos wurden mit zwanzig Mark geschmeidig gemacht und der scheiß Trabbi hätte beinahe Achsenbruch erlitten".

So richtig erzählt er seine Geschichten nie, immer nur Bruchstücke, den Rest muss man sich oft denken. Auch hört man seine Erzählung wieder und wieder. Manches ist dann nach dem zehnten mal etwas anders. Aus fünf geschmuggelten Säcken werden schon mal zehn und bei der letzten gleichen Story gar eintausend. Nicht dass er übertreibt. Nein. Mit zunehmendem Alter werden die Dinge eben unklarer, vielleicht nimmt auch der Hass auf die Ossis zu oder es macht einfach nur mehr Spaß zu übertreiben. Also mussten in der Neufassung auch mehr Zementsäcke her, damit der Beschiss und die Schädigung größer wird und die für ihn „dummen Arschlöcher „ noch dümmer wirken. Ja, mit einhundert Sack geht's besser.

Karl ist ein hervorragender Handwerker. Wenn er eine Brille auf der Nase hat, geht's besser. Seine liebsten Arbeiten sind draufhauen, dass es kracht, z.B. Mauern einreißen, Beton aufhacken und ähnliche kräftezehrende, erschöpfende, schlimme Gewaltakte. Hier kann er sich so richtig austoben. Nicht dass er Wut im Bauch hat oder alles zerschmettern will. Er hat nur unheimliche Kraft und auch geübte Technik, die es einfach aussehen lassen, wenn er loslegt. Auch bei fast aussichtslosen Aufgaben weiß er sich immer zu helfen. Nach relativ kurzer Überlegung kommt er mit einer erstaunlich einfachen Idee zum Ziel. Die Qualitätsarbeit ist nicht sein Ding. Hauptsache man ist fertig und kann sich schnell den angenehmeren Lebensangelegenheiten, wie Cola trinken oder in der Sonne aalen, widmen.

Gisela ist am Ziel ihrer Reise und Träume angekommen. Ziel ist Adana und „der letzte Traum". Sie werden von Alis Bruder Kamil (Der Weise) und dessen Sohn abgeholt. Das übliche Gezerre an den Klamotten, ob nicht doch irgendwo was zu entdecken ist, man traut ja keinem, das ätzende Speichel verteilen folgt, irgendwann hat der meine Grippe im Hinterkopf denkend, will kein Ende nehmen. Und die überschwengliche Freude, als wenn jemand einen Krieg überlebt hat, ist unbeschreiblich. Gisela kommt erst in zweiter Linie an die Reihe. Schließlich ist sie nur eine Frau. Der Mann ist wesentlich wichtiger und wird immer als erster empfangen. Wahrscheinlich vermutet man die Waffen bei ihm und kontrolliert deswegen erst den Gefährlicheren. Macht alles so seinen Sinn, diese auf den ersten Blick sehr unhöfliche Art.

Der Sohn des Bruders Kücük (Klein) verbeugt sich tief vor Gisela, einem Hofknicks ähnelnd, nimmt ihre Hand, küsst diese und tippt anschließend mit der Stirn drauf. Der Kopf ist dabei unterwürfig gesenkt und der Blick ist abgewandt. Eine wunderschöne Geste, die sie zuvor nie erlebte. Der Bruder geleitet sie zu seinem, im absolutem Halteverbot geparkten, fünfundzwanzig Jahre alten, klapperigen Şahin (Falken), ein in der Türkei unter Lizenz nachgebauter Fiat. Mit völlig abgelatschten Reifen, ohne Blinker und ohne angeschnallt zu sein, aber mit ohrenbetäubender funktionstüchtiger Hupe geht's ins Chaos, den für Türken jedoch ganz normalen Stadtverkehr. Vorfahrtsregeln, rote Ampeln, knatternde, stinkende, qualmende Motorräder und schon gar nicht Fußgänger werden beachtet oder wahrgenommen. Radfahrer scheinen den Verkehr zu meiden oder es gibt sie nicht mehr. Polizisten, die merkwürdige Zeichen geben und Handkarren versperren schon mal den Weg. Lastwagen, auf denen die Feldarbeiterinnen auf der Ladefläche stehen, Eselkarren, Dolmuşche, Busse, Transporter und Taxis, Taxis und nochmal Taxis verstopfen hupend, auch schon mal in der dritten Reihe parkend, jede nur denkbare kleinste Asphaltfläche. Artereosklerose, Herzinfarkt des Straßenverkehrs. Für Nervenschwache oder TÜV-Experten nicht geeignet! Auf wundersame Weise, ohne Beulen und Verletzungen wird der Zielort, die graue, betonfarbene, erdbebensichere Stahlbetonmietswohnung erreicht. Die Balkone sind alle schön bunt mit Wäsche geschmückt. Das Treppenhaus ist eigentlich nur mit Gummistiefeln trocken zu erreichen, ein Wasserrohrbruch, den keiner reparieren will. Aber zum Glück gibt es ein altes, morsches Brett, das hilft. Fahrräder und Kinderwagen und Berge von Schuhen, eine Parallele zum Stadtverkehr fällt einem sogleich ein, behindern den freien Aufstieg in den fünften Stock.

Die Haustür ist bereits geöffnet, der Vater begrüßt freudestrahlend den heimgekehrten Sohn, die Mutter ist überglücklich. Andere Familienmitglieder werden ebenso herzlich gedrückt, die Freude ist umwerfend. Nachdem die Schuhe draußen auf dem Flur zu den bereits vorhandenen gestellt sind, die Tür geht kaum noch zu, geht's erst einmal in die Hausschuhe und dann in die gute, einfach eingerichtete Stube. Eine blitzsaubere vier Zimmerwohnung, mit separater Küche, Gäste-WC, Dusche mit Bad und zwei riesengroßen Balkonen beruhigen Gisela.

Ein altmodischer, verschnörkelter, Hochglanz gelackter Sessel wird ihr angeboten. Am nachfolgenden Gespräch kann sie sich leider nicht beteiligen. Ihr türkisch reicht nicht einmal für die Begrüßung. Glatt verhungern und verdursten würde sie und mit dem Geld, der Türkisch Lira ist sie völlig überfordert. Nach dem Weg oder der Uhrzeit fragen, wäre für sie eine unlösbare Aufgabe. Nein ein Sprachgenie ist sie weiß Gott nicht. Sie hat es versäumt, Türkisch zu lernen. Dumm ist sie eigentlich nicht, jedenfalls nicht so wie Karl sie gern darstellt. Ihr fehlt nur jegliches Interesse. Durch ihr Desinteresse egal was immer es war, hat sie sich zu einer uninteressanten grauen Maus entwickelt.

Der Vater, der dem Sohn eigentlich kaum ähnlich sieht, nickt einmal kurz in Richtung Küche. Seine Frau hat sich dort hin umgehend zurück gezogen. Das Essen kommt. Serviert wird es auf einer auf dem Fußboden ausgebreiteten Decke. Ein mächtig großes, rundes Tablett wird plaziert und Speisen über Speisen werden aufgedeckt: Oliven, Salzgurken, Schafskäse, geschälte Tomaten und frische geschälte Gurken, gemischter Salat, extrem scharfe rohe Hackbälle: Çig–Köfte, eine Spezialität aus Adana, aufgeschnittenem Weißbrot, Ekmek genannt. Wasser und Rakı gibt es, um dieses höllisch scharfe Zeug, die Köfte zu löschen. Für normale Menschen einfach nicht zu empfehlen und für Magenkranke tödlich. Schon der kleinste Krümel von diesem Teufelszeug reicht und es schießen einem sturzbachartig wahre Tränenmeere in die Augen. Kann man eigentlich nicht einmal seinen Feinden empfehlen. Jeder daran Gestorbene müsste normalerweise auf dem Sondermüllwege entsorgt werden.

Nachdem alle äußeren und inneren Schäden (vom Heulen zugeschwollene Augen, angeätzte Kehle und Magenwände) notdürftig mit Taschentuch und Rakı als Betäubungsmittel behandelt wurden, gibt's Obst: Zuckersüße, kleine, hier wachsende Bananen, rote und goldgelb gereifte Weintrauben, saftige Pfirsiche, große und kleine dunkelrote Kirschen, vor Saft triefende Birnen und Orangen aller Art. Es ist ein Traum, eine Köstlichkeit von vor Ort frisch gelieferten Obstsorten. Danach wird türkischer Kaffee getrunken. Ein mit kochend heißem Wasser gebrühter, sehr fein gemahlener Kaffee, der sich nach kurzer Zeit in der Moccatasse absetzt. Nach wohltuendem Genuss kann der abgekühlte Kaffeesatz zur Zukunftsvorhersage benutzt werden. Große, klumpige Teile können dabei als Glück und zukünftiger Geldsegen gedeutet werden. Ist eine alleinstehende Frau zugegen, sieht man schon mal den Mann ihrer Träume. Auch bevorstehende Reisen und Nachricht wird angekündigt. Ein langes, gesundes, glückliches Leben kann den Abschluss bilden. Es werden nur positive Ereignisse vorhergesagt, schlechte Nachrichten nie.

Die fleißigen, lautlosen, unauffälligen Frauen sind während der ganzen Zeit am Bedienen oder leise tuschelnd in der Küche. Sie nehmen am Essen nicht teil. Gisela ist zunächst eine Ausnahme. Sie ist Gast und Ausländerin. Sollte sie hier jedoch länger leben in der Familiengemeinschaft der einfachen, ungebildeten Türken, so würde sich das bald ändern.

Sie wird alle westlichen Gleichberechtigungsmerkmale langsam, aber bestimmt, scheibchenweise verlieren und, nach allgemein westlicher Auffassung, ins finstere Mittelalter zurück versetzt. Je nach Gesinnung des Mannes ist auch eine züchtige Kopfbedeckung streng vorgeschrieben. Diese ist zwar seit Kemal Atatürk, dem Gründer der heutigen modernen Türkei, unerwünscht, aber das Kopftuch hat sich bis heute hin hartnäckig gehalten. Heutzutage teilweise auch um politisch zu provozieren, dabei wird es auf eine besondere Art, sozusagen als Erkennungsmerkmal, gebunden.

Bei der letzten Vereidigung der Parlamentarier kam es aus diesem Grunde zu einem politischen Eklat. Eine vom Volk gewählte Kandidatin der stark vertretenen religiösen Partei, erschien zu ihrer Vereidigung mit Kopftuch. Vor den Wahlen und vor der kurzen Übergangsregierung, hatte ihre Partei das Land zusammen mit einem Koalitionspartner regiert. Das Tragen einer solchen Kopfbedeckung ist laut Kleiderordnung jedoch untersagt. Die anderen gegnerischen Parteien, die eine solche Provokation nicht hinnehmen wollten, erhoben sich umgehend von den Sitzen, versammelten sich zu einer Gruppe in der Mitte des Plenarsaales und riefen unter rhythmischem Klatschen:

„Raus, raus, raus... ".

Erst Stunden später konnte man dann wieder zur Tagesordnung kommen. Sie ist bis heute nicht als Parlamentarierin vereidigt.

Auch eine allgemeine Arbeitserlaubnis wird sie kaum erhalten. Selbst einen speziellen Arbeitsplatz, der an einen bestimmten Arbeitgeber und nur an diesen einen gebunden ist, wird sie ebensowenig erhalten. In der Regel erhalten Ausländer, die als Tourist in das Land kommen und hier arbeiten wollen, keine Arbeitsgenehmigung. Eine Ausnahme besteht jedoch, indem man eine GmbH (Ltd.) gründet, fünfzigtausend Dollar auf den Tisch blättert und so stolzer Inhaber einer Firma mit ihren Auflagen nach türkischem Recht wird. Eine Arbeitsgenehmigung erhält man damit aber nicht automatisch. Erst durch langes Zerren und beständiges Drängen kann man dann eventuell erfolgreich sein.

Dies sind Dinge, die von nicht gerade netten türkischen Zeitgenosse, oft bewusst verschwiegen werden, um an den heiß ersehnte Geldsegen durch Geschäftsbeteiligung von ausländischen Touristen zu kommen.

„Hallo, Haschürt, wie geht's?", krächzt Karl. Die Grippeviren, die bei der letzten Begrüßung übersprangen, zeigen Wirkung und freuen sich, dass sie ein angeschlagenes Opfer gefunden haben.

„Danke Karl, aber du siehst nicht so gut aus, was ist los?", entgegnet sein Freund Haschürt.

„Scheiß Grippe, hat mich wohl erwischt, ich weiß auch nicht, aber diesen Bazillen werde ich die Hölle heiß machen und in das Türkische Bad gehen. Sollte dann noch so ein Kumpel übrig bleiben geht's in die Sauna, Härc, härc, härc (verschnupftes Lachen). Übrigens war ich schon heute morgen zur Yapi Kredi Bank („macht den Kredit fertig"- Bank) und habe das Geld abgeholt", kräht er und überreicht es dem plötzlich vor Freude erschreckten Juwelier und Freund.

„Çabug, çabug (Schnell), bring' Karl, einen Kaffee", befiehlt er seinem jüngsten Verkäufer und rückt Karl einen Stuhl zurecht.

Karl nimmt schnaufend und niesend Platz, während Haschürt vergnüglich, augenrollend die vielen Hundert Mark Scheine, die er so liebt, zählt. Dagobert Duck's Dollarnoten in den Augen hätten dagegen armselig ausgesehen. Bei Haschürt wechseln die vor Augen geführten Bilder ständig. Mal sind es seine geldgierigen, ständig nervenden Goldlieferanten, mal ist es ein funkelnder Brillant, eine glänzende Goldkette, das ganze glitzernde Geschmeide sogar ein sich drehender, schillernder Goldbarren ist dabei und eine mit Schmuck bedeckte, splitternackte, vollbusige, blonde Bauchtänzerin. Die Bilder in seinen Gedanken wechseln sich sekundenschnell und bei jedem Brilli oder Nacktmodel öffnet sich die Pupille zu einem Vielfachen, so dass die Haare und Ohren anfangen zu vibrieren und die Augen Feuer schlagen. Ja, er ist schon ein geiler Typ, der Haschürt. Karl bekommt von alledem nichts mit und ist mit seiner triefenden Nase und seinem Kaffee beschäftigt.

„Mann, Karl das sind ja einhunderttausend", jubelt sein Freund Haschürt, der seinen "Sex und Gold" Comic-Clip, ausgeblendet hat.

Nur ab und zu zuckt noch ein Ohr oder ein Haar. Das Sexmodel hat gedankliche, realistische, körperliche Form angenommen. Er weiß, wo er heute Abend hingehen wird. Natascha, die Willige, Dralle ist heute für etwa fünfzig Dollar dran. Er erinnert sich, was ein Freund ihm erzählte, dass russische Models gegen Dollars alles machen. Haschürt hat viel Phantasie, aber was sein Kumpel ihm dann bis ins kleinste und letzte Detail erzählte, stellte seinen Reißverschluss auf ernsthafte Zerreißprobe, der Gürtel drohte zu reißen, der Jeansstoff beulte dermaßen aus, so dass er sich am nächsten Tag bestimmt eine neue Hose kaufen musste. Er erzählte die Geschichte weiter und sein Nachbar, der schwule Boutiqueverkäufer wunderte sich, warum er in letzter Zeit soviel Hosen an Haschürts Freunde verkaufte. Einer davon, Uzunarak (Long Vehikel) genannt, brauchte sogar einen neuen Gürtel.

„Ja, mein lieber Haschürt, du hast richtig gezählt. eintausend schöne Scheine", freut sich Karl über Haschürts erstauntes Gesicht.

„Du bist mein Freund und ich vertraue dir, ich beteilige mich an deinem Geschäft. Wir beide sind Partner und werden hier richtig Geld verdienen. Die Deutschen sind doch so blöde und kaufen dir doch alles ab. Man, das wird richtig gut", lacht Karl, frohlockend in die Zukunft schauend.

„Danke Karl, du hast es mal wieder geschafft, mich zu überraschen. Morgen kommt mein Freund aus Istanbul mit neuen Sachen, da können wir dann gleich richtig einkaufen. Ich danke dir mein Freund. Du hast mir wirklich aus einer Klemme geholfen und ich werde es dir nie vergessen, danke", strahlt Haschürt und umarmt seinen Retter, drückt und knutscht ihn auf die übliche Art ab.

Noch einen Kaffee oder Cola, Karl?", fragt er.

„Ja, 'nen Kaffee, und dann einen Liter Cola zur Feier des Tages und bedank' dich nicht immer bei mir. Wir machen das dicke Geschäft zusammen, das wird ein riesen Spaß. Ich bekomme mein Geld ja doppelt und dreifach wieder von den Bekloppten", reibt sich Karl die Hände und klatscht wie immer bei großer Freude in die Hände und haut sich danach auf seine Oberschenkel, das Gesicht ist dabei überglücklich und die Augen verengen sich zu kleinen leuchtenden Sehschlitzen.

Guter Dinge betritt Karl das dampfende türkische Bad. Die schwere Holztür schließt sich hinter ihm. Sie wird von einer dicken Holzkugel, die an der Decke befestigt ist, automatisch zugedrückt. Er befindet sich in dem warmer Vorraum, der zum Ruhen und Entspannen dient. Durch einen kleinen Torbogen gelangt er dann in das eigentliche türkische Bad. In der Mitte befindet sich eine große Marmorplatte, auf der gut vier erwachsene Personen liegen könnten. Die warme, beheizte Platte ist ca. einen halben Meter hoch und leicht erklimmbar. Der runde Raum, die kuppelförmige Decke, der Fußboden und die ringsherum laufenden Sitzbänke sind aus Marmor. Alle zwei Meter befindet sich ein Kalt- und ein Heißwasserhahn, den alten türkischen Formen nachgebaute, verschnörkelte Wasserspender. Karl setzt sich ächzend und schniefend auf eine Sitzbank und dreht das heiße Wasser auf, das in auf antik getrimmten Marmorbecken abläuft. Dabei entsteht heißer Dampf, der sich in den Raum ausbreitet. Mit einer Messingschüssel mit mal kaltem und mal heißem Wasser beginnt er seine

Körperwaschung. Danach begibt er sich auf die warme, zunächst heiß empfundene Marmorplatte und spürt die angenehme, körperdurchdringende, wohlige Wärme. Mit einem zufriedenen Seufzer wechselt er von der Bauch- in die Rückenposition und beginnt langsam zu schwitzen. Es ist Tauwetter für Dicke angesagt. Sein Bekannter, der das Hamam (türkische Bezeichnung für das Dampfbad) betreut, hat ihm empfohlen auf dem Bauch zu liegen, damit die Lunge auskuriert wird. Flach wie eine Flunder, alle Viere von sich gestreckt, ist er der glücklichste Mensch auf Erden. Er ist allein im Bad, draußen ist Hochsommer und zu dieser Zeit kommt kaum einer auf die Idee, noch mehr zu schwitzen, als in der glühenden Sonne ohnehin schon.

Tamam (O.K.), der hier arbeitet und Karl sehr gut kennt, betritt den Raum, ausgerüstet mit Seife, Lappen und Peelinghandschuh.

„Karl, du wollen Peeling? Peeling gut. Ich machen extra gut für Karl", grinst Tamam.

„O.K. Tamam, kannst anfangen, aber lass noch was übrig von mir, du Rubbelmeister", schnauft Karl und legt sich auf das ausgebreitete Laken, das vorher seine männlichen Teile bedeckte.

Tamam seift ihn ein und beginnt mit der Hauterneuerungs- und Durchblutungskur. Die alten Hautpartikel werden dabei mit dem rauhen Handschuh abgerieben und die kreisenden Bewegungen fördern die Blutzirkulation. Karl sieht danach aus wie ein dickes, rosa Schweinchen. Er klopft dem völlig erschöpften Tamam dankend auf die Schulter. War wohl doch ein bisschen viel für den vor Schweiß triefenden Tamam. Mit kaltem Wasser erhält Karl jetzt eine Kaltdusche aus den mit kühlem Wasser gefüllten Messingschüsseln. Der Kaltwasserschock erhöht die Durchblutung und ist erfrischend, in etwa mit dem Kaltwasserbad nach der heißen Sauna zu vergleichen. Da Karl noch anschließend in die Sauna will, verlässt er nach kurzem Aufenthalt den Ruheraum. Nach der Sauna ist der mittlerweile erholte Tamam wieder dran, denn Karl möchte noch massiert werden. Dies gehört in der Regel mit zum Besuch des Hamams und bildet den Abschluss, nachdem alle Muskel durch die Wärmebehandlung entspannt sind. Wieder ist der arme Tamam fix und fertig, Karl ist schließlich eine Masse, die erst einmal bewegt werden muss. Anschließend auf der Liege ausruhen, Tee trinken und entspannen ist Karls angenehmste Zeit, die er normalerweise genießt wie kein anderer.

Die Atemwege sind einigermaßen wieder frei, die Gedanken nicht: Gisela, hämmert es in seinem Kopf. So'n Scheiß...

„Ach, Ali, mein Schatz, ich bin ja so glücklich", flüstert Gisela ihrem Angebeteten ins Ohr.

Sie liegen im Bett einer Pension, in der sie ein Zimmer mit tristem Blick auf grauen Stahlbetonbau gemietet haben. Das leichte Erdbeben, das in dieser Region keine Seltenheit ist, hat sie beim Sexrausch mit Ali gar nicht wahrgenommen. Sie liegt danach immer wie apathisch und mit offenen Mund, nach Luft ringend auf dem Rücken. Ali, der heiße Lover, raucht eine Zigarette und träumt von dem vielem Geld, das vor seinen Augen beim Akt regelmäßig erscheint und ihn zu Höchstleistungen anspornt. Seine Gedanken kreisen ständig um dieses Thema. Wann und wieviel sind seine Fragen. Sie sollen am nächsten Tag beantwortet werden.

Beim Frühstück, es gibt Tee, Schafskäse, Ekmek und Oliven, wird überlegt, was zu erledigen ist.

„Ali, mein Schatzi, lass uns zur Bank gehen und das Geld einzahlen. Ich möchte es nicht mit mir herumtragen. Kennst du hier eine gute Bank?", fragt sie immer noch leicht schlapp von der letzten Nacht.

„Ja ich wissen gut Banka, aber du Fremder, du nicht Banka, meine Name Problem yok (kein)", lügt er sie mit einem Lächeln an.

„O.k., ist in Ordnung, ich liebe dich mein Ali und ich vertraue dir, also gehen wir gleich zur Bank. Danach können wir uns ein wenig die Stadt ansehen, was meinst du, Liebling?"

„Oh, meine Schatzi, tabi, tabi (natürlich) ich dir zeigen alles. Adana schöne Stadt, große Stadt, viele gut Mensch hier."

Selbstverständlich hat er auch sich und die vorgetäuschten Eltern mit in die besonders „guten und netten Menschen" einbezogen. Sein Bruder Kamil ist allerdings sein richtiger Bruder. Er nennt ihn, wenn deutsche Touristen anwesend sind „Kamel", um die Leute zum Lachen zu bringen. Auch glaubt er, dass sein Bruder ein bisschen blöd ist, weil er in so vielen Jahren kaum Deutsch gelernt hat. Außerdem hat Kamil es selbst bei den sexhungrigsten Touristinnen nicht gerafft und ihn immer nur gefragt, warum die so komisch sind und barbusig am Strand liegen. Kamil war schockiert und wollte mit diesen „Prostituierten", wie er sie nennt, nichts zu tun haben.

Wenige Wochen nur blieb er und hatte dann „des Teufels Harem", wie er es nannte, verlassen. Sein bestimmtes Körperteil ist nur für seine Frau bestimmt, es tue ihm leid, aber er kann hier nicht leben. Jetzt stand für Ali endgültig fest, dass sein Bruder nicht ganz dicht ist, wo Allah doch all die schönen Geschöpfe zum Vernaschen gemacht hat. Und viel Geld haben die auch noch. Er war ein wenig traurig, als sein Bruder ihn verließ, aber schnell fand Ali

Trost bei den „Offensichtlichen", die den tollen Kellner unbedingt einmal ausprobieren wollten.

In der Bank gibt Gisela das Geld ihrem heißen Schatzi und bemerkt, wie Ali plötzlich kreidebleich wird. Waren diese scharfen Adana Hackspezialitäten vom Vorabend etwa schlecht?, denkt sie.

„Was hast du mein Schatzi, ist dir nicht gut? Du siehst so blass aus, was ist los?", fragt sie besorgt.

„Ja, Ali, nix gut, vielleicht hasta (krank). Ich nicht wissen. Ali klein kaputt, aber nix groß Problem", stottert er nervös und leicht gereizt.

Er ist sauer, wegen der geringen Geldmenge. In seinen Träumen waren es wesentlich größere Beträge. Die Enttäuschung steht ihm ins Gesicht geschrieben. Mit einem Schlag sind alle großen Hoffnungen dahin.

zehntausend Mark, mehr nicht, denkt er und Zorn und Hass auf die Deutschen kommen in ihm auf. Wie viele Nächte hab ich mich geopfert mit dieser alten, schrumpeligen Prostituierten, die diesen deutschen Weichkäse betrogen und verlassen hat. Nutte, ungläubiges, altes Weib. Bokdan (Scheiße), Allah du bist ungerecht, rast es durch seinen Kopf.

Heute Nacht ist Gisela allein. Ali hat ihr erklärt, dass er seine Freunde besuchen will und eine Frau kann dort nicht hingehen. Nicht in Adana, wo die Menschen nach alter Tradition und Sitte leben. In Adana trifft sich der Mann mit Seinesgleichen in Teehäusern und erzählt sich Geschichten aus vergangenen Tagen oder spielt Backgammon (Tauvla). Die Frau hütet das Haus und trifft sich dort mit Ihresgleichen, umgeben von den Kindern, Windeln und Töpfen. Dies ist nicht Deutschland oder der Touristenort Avsallar, dies ist die Türkei und vor allen Dingen ist dies Adana, klärte er sie eindringlich auf und entschwand.

Seinen Freunden erzählt er bei Rakı, (Anisschnaps, mit Uso oder Pernot zu vergleichen) Weib und Gesang in einer Nachtbar, in die er sie alle eingeladen hat, ausführlich. Sie wussten bereits von der Existenz der Deutschen, denn der Bruder, der die Deutschen aufgrund seiner Erlebnisse ohnehin nicht mochte, hat sie auf dem Laufenden gehalten. Ali und die Deutsche (Alman) sind das Gespräch Nr. Eins. Man hatte auch nichts anderes zu tun. Die hohe Arbeitslosigkeit und die Null Chance Perspektive in der Region ließen viel Zeit und Platz für interessanten Gesprächsstoff. Ali ist ihr Held, der an ihrer Stelle für gerechten Verteilungsausgleich sorgt. Allah hat diese Ungläubigen und Unsittlichen mit soviel Reichtum versorgt, also sei es nur gerecht, wenn Ali hier ein wenig Ausgleich schafft und das ihnen Vorenthaltene zurück fordert und nimmt. Die Aufopferung für die Familie rechtfertigt die amoralische Handlung. In diesem Punkt sind sie sich alle einig. Unrechtempfinden wird in diesem Zusammenhang nicht anerkannt, weil Gisela die allgemeine Verkörperung des amoralischen, reichen Westens mit seiner nicht islamischen Zugehörigkeit, darstellt.

Sie feiern Ali und trinken Rakı bis in die späte Nacht hinein. Nicht alle sind gern in die Nachtbar mitgekommen und trinken Alkohol. Eine kleine Minderheit besteht aus überzeugten und danach lebenden Moslems.

Am frühen Morgen kommt Ali zurück. Gisela ist noch wach. Sie konnte nicht schlafen. Alles ist plötzlich so anders, sie versteht nicht, warum ihr Geliebter sie so behandelt. Sie fast angeschrien hat, bevor er ging. Sie will unbedingt mit ihm reden, wenn er wiederkommt.

„Ali, wo warst du solange, ich habe die ganze Nacht auf dich gewartet. Ich hatte Angst, dir ist etwas passiert."

„Ali nix passiert. Ali mit Freunde reden. Du schlafen jetzt", antwortet er mit leicht säuerlichem Unterton.

„Worüber habt ihr gesprochen? Ich möchte deine Freunde kennenlernen. Was machen sie so und wie leben sie? Es interessiert mich, weil es deine Freude sind", gibt sie nicht auf.

„Du nix Interesse, meine Freude, du schlafen jetzt!", wird er langsam sauer.

"Ich möchte aber nicht schlafen. Ich möchte mit dir reden. Ich kann vorher nicht schlafen", erregt sie sich.

„Ich Mann, ich sagen, du machen... Schlafen jetzt!"

„Ich verstehe dich nicht. Du bist sonst immer so lieb und nett zu mir. Was habe ich falsch gemacht? Ich will doch nur mit dir reden", beharrt sie weiter und versucht ihn zu streicheln.

Ali stößt sie von sich und schreit sie an: „ Ich Mann, du nix, du Frau, ich sagen, du machen, OK?"

„Was sagst du? Ich bin eine Frau und ein Nichts? Was denkst du über Frauen. Ich kenne dich nicht wieder."

Den Tränen nahe fährt sie fort: „Was haben deine Freunde mit dir gemacht? Warum sagst du so etwas zu mir. Du liebst mich doch, oder?"

Sie fängt an zu weinen. Ali wendet sich ab und geht auf den Balkon.

Karl sitzt an der Bar des Hotels, zu dem auch das Türkische Bad gehört und trinkt wie immer Cola. Der Flüssigkeitsverlust ist enorm und die Liebe zur Cola ebenso. Der Kellner staunt nicht schlecht, nachdem er das fünfte Glas genüsslich geleert hat.

„Was glotzt du so blöd, hast du noch nie jemand Cola trinken gesehen, oder was?", fragt Karl den Kellner. Doch schon, aber soviel noch nicht."

„Weißt du, ich fahre morgen in die Berge und da gibt es keine Cola, nur dieses blöde Ayran (ähnlich flüssigem Joghurt mit Salz). Ich trinke Vorrat an, verstehst du."

Der junge Kellner lacht und gibt ihm noch ein Glas gratis. Karl zahlt und verlässt das Hotel. Am Ende der Bar saß ein Mann und hat Karl während der ganzen Zeit unauffällig beobachtet.

Die Tage vergehen und Karl ist jetzt häufiger bei Haschürt, um die Geschäfte zu verfolgen.

Der Juwelier unterbreitet ihm ein angeblich einmaliges Angebot: „Karl, ein Freund hat mir von einem fünf Sterne Hotel erzählt. Wir können das Juweliergeschäft übernehmen. Es ist eine günstige Gelegenheit. So etwas bekommen wir so schnell nicht wieder. In so einem Hotel kann man das ganze Jahr Geld verdienen, die haben auch im Winter Gäste. Der will seinen Laden abgeben, weil er nach Istanbul zurück geht. Ist mit den Leuten hier nicht zurecht gekommen. Wir können das ganz große Geschäft machen. Bist du dabei?"

„Von mir aus ja, lass uns morgen mal den Laden anschauen. Mal sehen, ob das Ding voll ist."

Sie reden noch weiter darüber und Karl ist total begeistert und erwartungsvoll.

Am nächsten Tag sind sie auf der Fahrt nach Side, einer der bekanntesten Touristenorte in der Türkei. Hier soll das gesündeste Klima im geographisch großeuropäischen Raum sein, meinen Klimaforscher. Dies dachten wohl auch die Römer, als sie sich hier niederließen. Heute sind noch Marmorsäulen und Überreste einer damals prächtigen Stätte zu sehen. Auch ein Amphitheater wurde von ihnen hier in unmittelbarer Nähe gebaut und ist noch relativ gut erhalten. Herrliche Sandstrände und geschlossene große Pinienwälder zeugen von einer einmalig schönen Landschaft. Zunächst gelangen sie nach Manavgat, eine kleine Provinzstadt gleich neben Side gelegen. An der Manavbrücke, die Stadt wurde nach dem Fluss Manav benannt, steht auf metergroßem Schild: UNTERFÜHRUNG. Die Brücke wurde zu Kaisers Zeiten unter deutscher Anleitung gebaut und wird nur noch für Fußgänger benutzt. Die Unterführung existiert nicht mehr. Die Bezeichnung war wohl in den damaligen Bauplänen vorhanden, wurde übernommen und bis heute beibehalten.

Das Hotel „Beş Yildiz" liegt zwischen Side und Manavgat und wurde von Haschürt auf dem direkten Wege gefunden. Sie sehen sich das Geschäft an. Haschürt redet lange und ausgiebig mit dem Besitzer auf türkisch. Karl versteht nur Bahnhof und sitzt bereits vor einem köstlichen Glas erfrischender Cola. Das Hotel ist rappel voll. Der Laden ist für ihn akzeptabel, also sind seine Fragen zur Zufriedenheit beantwortet.

„Fünfzig Tausend Ablösegeld, damit er raus geht und das Gold können wir übernehmen, wenn wir wollen." erzählt Haschürt seinem Freund und Geldgeber.

"Ja, und wieviel kostet uns das Ganze insgesamt?" will Karl wissen.

„Ich rechne ungefähr mit 250 großen Scheinen, das ist nicht viel Geld für so einen Laden. Wenn die Saison gut läuft und die nächste auch noch, haben wir unser Geld wieder raus," erklärt der Fachmann Haschürt.

"O.k., wir machen es", entscheidet Karl. „Aber jetzt fahren wir zu Şahin zum Stausee, ich möchte unbedingt seine toten Forellen im Bauch haben. Außerdem gefällt mir es so gut bei ihm."

Nach einer kurzen Pause fährt Karl fort: „Und seine Katzen bekommen diesmal eine Pfefferladung in die Fischköppe, damit sie wissen, dass ich da war, diese blöden Viecher, hä, (hustet) hä (niest) hä."

Sie fahren wieder zurück nach Manavgat und schlagen den Weg Richtung Taurusgebirge ein. Von Herbst bis zum Frühjahr ist es schneebedeckt und bietet einen phantastischen Blick. Man sitzt am Meer und hinter einem ragt das imposante Gebirge mit seinen prächtigen Schneekuppen in den strahlend blauen Himmel. Man staunt, saugt es in sich auf und denkt und schreit innerlich am Ende jedesmal: Hier will ich bleiben! Die gesamte Küstenregion von Antalya bis weit hinter Alanya, gut 150 Kilometer touristisch erschlossenes Gebiet, bietet dieses irre Panorama. Unterhalb des Gebirges sind vorgelagert kleine, mit Pinienwald bewachsene Berge zu sehen. Kalksandstein, rötliche Erde, grüne Pinienwälder und Schneegebirge bilden erstaunliche Farbkontraste und Kombinationen. Ein Naturereignis, das seines gleichen sucht.

Die übliche Begrüßung, die Freude ist wie immer riesengroß, weil man sich lange nicht gesehen hat, beginnt. Şahin, der Restaurantbesitzer bekommt Karls Grippevieren.

Er hüpft vor Freude und ruft: „Hoş geldiniz, hoş geldiniz (herzlich willkommen)."

Er bittet die beiden Gäste in sein Restaurant, eine rustikale Stätte: Ein mit krummen Holzstämmen zusammen genageltes, allseitig offenes Gestell, das mit Weinranken bedeckt ist. Es ist ca. zehn Meter oberhalb des Stausees gelegen. Der Grund fällt steil zum Wasser hin ab und die beängstigende Frage: „Hält das morsche Geländer?", kommt schnell auf. Der Blick auf den gewaltig großen See mit kleinen grünen Inseln und den Kornfeldern an den Ufern ist unbeschreiblich schön. Was einem sofort auffällt, ist die Stille. Man lauscht in die Natur und beobachtet. Vogelgezwitscher dringt an das Ohr. Ein Fischreiher wartet geduldig auf seinen Fang. Die Kühe aus dem angrenzendem Ort brüllen. Vom Minarett der Moschee wird zum Gebet gerufen. Forellen, auf die Karl sich schon geistig vorbereitet hat, springen im kühlen Gebirgssee zum Greifen nahe (aber Vorsicht, das wackelige Geländer!). Şahins Boot dümpelt im Wasser und lädt zu einer Tour ein. Romantischer kann es kaum sein, wenn da nicht die Katzen wären, die Karl immer ärgern und traktieren muss und einem leid tun.

Der hagere Şahin tänzelt um sie herum, redet mit Haschürt, der hier oft und gerne herkommt und nimmt die Bestellung entgegen. Im Laufschritt enteilt er ihnen und berichtet freudig seiner Frau: viermal Forelle mit Pommes, grüner Salat, Rakı und zweimal Cola. Etwas verdutzt geht sie an die Arbeit.

„Vier Forellen, zwei Cola? Şahin muss wohl was falsch verstanden haben. Hat der etwa wieder heimlich getrunken?", denkt sie ein wenig besorgt.

Şahin ist ein sorgloser; einfacher und lebensfroher Mensch. Er hat mehrere Brüder und Schwestern, die wie er in der Landwirtschaft arbeiten. Ihnen gehören hier große Landstriche, auf denen hauptsächlich Mais, Hafer, Obst und Gemüse angebaut werden. Die kleine Tochter geht hier im Dorf zur Schule. Ihre Lehrerin ist modern gekleidet und fällt im Dorfleben genauso auf wie ein Tourist oder ein außerirdisches Wesen. Kein Kopftuch, sondern offen getragene Haarpracht zieren das hübsche Gesicht. Auf die ältere Tochter ist er besonders stolz, weil sie intelligent ist und in Manavgat aufs Gymnasium geht. In der Saison, in den großen Ferien helfen sie der Mutter in der Küche. Am Wochenende ist dann schon mal Hochbetrieb. Der Geheimtip hat sich langsam herum gesprochen und ein Auto musste her. Şahins zwanzig Jahre alter Renault, sein ganzer Stolz, ist ein Alptraum, ebenso seine Fahrweise, die mit Klatschen und Gesang begleitet wird. Wer einmal mit ihm gefahren ist, sucht unmittelbar danach die Toilette auf und übergibt sich. Überhaupt scheinen viele Türken nicht sehr an ihrem Leben zu hängen, jedenfalls schließt man das aus ihrer lebensmüden und waghalsigen Raserei mit oft schrottreifen Kisten.

Das Essen kommt. Karl und Haschürt genießen die knusprig gebratenen, frischen Forellen. Die Katzen ignorieren den versteckten Pfeffer in den Fischköpfen und signalisieren Karl die gute Würze durch: „Miau, bitte mehr davon." Karl ist erstaunt, enttäuscht und der Pfefferstreuer ist leer. Nach dem Essen begibt sich Karl auf die in der schattigen Ecke befindliche Ruhestätte. Alte Matratzen mit Decken und Kopfkissen laden ihn ein. Er geht mal wieder seiner Lieblingsbeschäftigung nach: Schnarchen. Haschürt und Şahin unterhalten sich und freuen sich ihres Lebens.

Nach einer Stunde ist ausgeschnarcht und ausgefreut. Es geht ins Boot. Zuvor hat Şahin schon Vorbereitungen getroffen: Bier und Cola sind gebunkert. Putt, putt, knatter, knall, Fehlzündung, los geht's „Hoffentlich versagt der Motor nicht und ist das Ding auch dicht?", fragt man sich, aber man wird schnell beruhigt, wenn man sieht, dass ein Notpaddel an Bord ist. Es wird als „Bierreichebrett" für Şahin benutzt, der am Ruder sitzt und fröhlich über den See schippert. Allah ist heute gnädig, es gibt Freunde und Bier. Seine Frau ist außer Sicht und weit weg.

Der See scheint unendlich zu sein. Nach jeder Verengung folgt ein ebenso großer neuer See. Kleine Landschildkröten sitzen auf den ins Wasser ragenden Ästen. Der Fischreiher wird unruhig und sucht einen neuen Platz. Idylle, der Motor ist aus. Nein, nicht wegen Versagens: Baden im kühlen Nass ist angesagt. Erfrischend, einfach herrlich.

Der Motor ist wieder erwarten angesprungen und es geht zurück ins Restaurant „Rustikal". Nach überschwenglicher Verabschiedung wird der Heimweg angetreten. Nach ca. fünf Kilometern weist Haschürt auf einen rechts gelegenen Ort.

„Dort hinter dem Ort liegt auf dem Berg eine alte römische Stadt. Sie ist eigentlich den Touristen unbekannt. Dort fahren keine Busladungen hin. Eine etwa einhundert Meter lange Fassade ist komplett erhalten. Sieht einfach toll aus."

Nach kurzer Pause fährt er fort: „Im Umkreis von gut einem Kilometer kannst du noch alte Tempel und Gebäude sehen. Eine Antiquitätenhändlerin hat mir gesagt, dass das Bodenmosaik besonders interessant sei, weil es mit Steinen aus der Gegend hergestellt wurde. Die Römer brachten normalerweise immer die Steine aus ihrem Land mit. Gut ein Meter von dem Mosaik ist freigelegt worden. Der Rest ruht noch unter der Erde." erklärt Haschürt und ist stolz auf sein Wissen.

„Du kennst dich gut aus in der Gegend. Übrigens das Geld kannst du morgen haben. Dann können wir mit dem Laden anfangen und richtig loslegen", freut sich Karl.

„Gut, Karl und danke, du wirst es nicht bereuen. Es wird ein super Laden. Hast du gesehen was für eine Dekoration der Typ hatte? Wir richten alles neu ein und du sollst mal sehen wie das dann abgeht, Karl. Das wird ein gutes Geschäft, da bin ich ganz sicher. Glaub mir."

Haschürt ist im goldenen Juwelierhimmel und sieht eine rosige Zukunft auf sich zukommen.

Gisela hat die letzte Nacht schlecht geschlafen. Sie besichtigen die Stadt und die Moschee, eine der schönsten in der Türkei. Draußen werden die Schuhe ausgezogen.

Auf Socken betritt man die Eingangshalle und ist angetan von den riesigen Kuppeln und den alten Wandkacheln in naturfarbenem Blau und Rot. Die Kacheln stammten häufig aus der Gegend von Isnik und werden deshalb auch Isnikkachel genannt. Insbesondere die wunderschönen weißroten Kacheln sind ausschließlich der Isnikzeit zuzuordnen. Heutige Wandfliesen werden überwiegend in Kytachia in der Landesmitte der Westtürkei hergestellt. Dies ist nicht weit von der alten Keramikstätte entfernt. Riesige Fabriken produzieren in dieser Stadt Kacheln und Fliesen für das Land und den Export. In der Moschee fallen einem sofort die riesigen Gebetsteppiche auf, die zum Gebet dienen. Mit ausgebreiteten Armen wird der Segen stehend empfangen. Die Demut und Anerkennung Allahs wird dabei kniend und durch Beugen des Oberkörpers bezeugt. Die Stirn berührt dabei den Bodenteppich. Während der Andacht ist also eine ständige körperliche Aktivität des Gläubigen gefordert. Prunk und Pracht ist nicht, wie in den frühen westlichen Kirchen, zu erkennen. Man achtet mehr auf Einfachheit und Schlichtes.

Moderne Technik mit Lautsprecheranlage ist sofort augenscheinlich und erinnert an die Neuzeit in altem Gemäuer. Viel Licht dringt durch die typisch islamischen Fenster. Eine Bogenform, die in der Mitte eine Spitze bildet. Das Minarett neben dem Tempelgebäude ist ein hoher, schlanker Turm und diente früher dem Muezin (Gebetsausrufer) als höchstem Punkt im Ort, um zum Gebet zu rufen. Das Turmende sieht einer Zwiebel ähnlich und besitzt an der Spitze das Wahrzeichen, den islamischen Halbmond.

Heute wird modernere Technik angewandt und im ganzen Ort hört man über Lautsprecher, die oft ihre Leistungsgrenze weit überschritten haben, ein ätzend, plärrendes, nervtötendes Geräusch. Der Aufruf zum

Moscheegang war mit Sicherheit früher angenehmer als die vielfach falsch eingesetzte heutige Verstärkertechnik. Die gesangähnliche Sprache des Muezin ist arabisch, obwohl Atatürk vor ca. achtzig Jahren die arabische Sprache und Schrift verdrängte und an ihre Stelle türkisch als Umgangssprache und Lehrsprache an den Schulen und staatlichen Einrichtungen eingeführt hat. Leider ist dadurch ein erheblicher Kulturverlust entstanden, weil die arabische Sprache wesentlich mehr Worte enthält und viele alte Schriften (auch der Koran) in arabisch verfasst wurden. Die meisten Türken verstehen die arabische Sprache heute nicht mehr. Dagegen ist natürlich zu halten, dass seit Atatürk alle Türken die gleiche Sprache sprechen.

Am Abend nach dem Essen will Ali Gisela wieder verlassen. Sie sträubt sich und möchte mitkommen.

Ali gerät in Rage und Wut blitzt aus seinen Augen: „Du nur Frau. Du nicht kommen mit Ali. Du hier Pension sitzen und sagen nix Ali. Du Frau, Ali Mann. Frau nicht sagen Mann, was machen." zischt er sie an.

Gisela ist verzweifelt. Sie ringt nach Luft und Leichenblässe legt sich auf ihr Gesicht. Erstarren, Erstaunen und Unverständnis graben sich in ihr hilfloses Hirn und hinterlassen einen bizarren Gesichtsausdruck. Die Schminke rinnt in die Altersfalten, der knallrote mit Lippenstift bemalte Mund zeigt Lücken und ist von Zähneverbiss und nervösen Mundzuckungen verschmiert. Entsetzen ist der Liebe brutal und schockartig gefolgt. Tränen entrinnen den weit offenen, erstaunten Augen und spülen Salziges in den Mund, Feuchtes auf den Hals und tropfen Nasses auf Alis neue, schwarzweißen Lackschuhe.

Sie rafft ihren ganzen Mut zusammen und hört sich wie in der Ferne sagen: „Ali, mein Schatz, warum bist du so anders. Ich liebe dich. Warum tust du mir das an. Ich kann ohne dich nicht leben, was soll ich denn jetzt machen? Oh Gott, oh Gott..."

Tränen, Schluchzer und eine von innerem Schmerz geschüttelte Gestalt bieten ein trauriges, bedauernswertes Schauspiel.

„Du nicht weinen. Du nicht verstehen türkisch Mann. Du dumm. Du gehen morgen weg" herrscht er sie an und knallt die Tür hinter sich zu.

Gisela ist allein und schleppt sich zum Bett. Der Kopf dreht sich, Übelkeit macht sich breit und die Toilette kann nur noch mit schwankenden Schritten erreicht werden. Sie übergibt sich, möchte alles Ekelhafte auswürgen und wird erneut von Weinkrämpfen geschüttelt. Angst, Hilflosigkeit und Ohnmacht mischen sich zu einem psychischen Desaster. Tiefe Depression quält das Herz. und lässt sie nicht schlafen. Enttäuschte Liebe mit seinem zerreißenden Seelenschmerz ist größer als jedes erlebte körperliche Trauma oder das Elend der ganzen Welt. Mit zittrigen Händen, von Liebesqual und Demütigung gezeichnet, nimmt sie die heute morgen gekauften KO - Tropfen. Dadurch kann sie der grausamen Realität entrinnen. Sie verhelfen ihr zu unendlichem Nichts und Schlaf. Trotz des abgelaufenen Verfalldatums fällt sie in tiefe Ohnmacht.

Ali ist froh als er Gisela fest schlafen sieht. Für ihn ist sie eine kaputte Deutsche, die es nie wert war, die nur benutzt wurde. Am Ziel angekommen, das Geld im Sack, verdient sie kaum noch seine Beachtung. Schnell los werden will er sie und das ohne große Probleme. Wenn es sein muss, kann auch schon mal die Hand ausrutschen und zufällig ein Auge treffen. Alles ist erlaubt, schließlich hat er keine Zeit mehr, sich mit Ausgequetschtem, Unwürdigem abzugeben. Neue Opfer sind angesagt und davon gibt es immer wieder genug, die sich oft sogar selbst anbieten. Allah ist groß und schickt immer wieder neue

Flugzeugladungen in die türkischen Touristengebiete. Dass er damit dem Image des Landes schadet, kann er, aufgrund seiner Bildung, Herkunft und Erziehung und seines Verständnisses vom Leben, nicht nachvollziehen: Das Land in dem er lebt muss geben, Allah muss geben und von den reichen Ungläubigen darf man sich nehmen. Das er selbst außer Nehmen auch etwas tun , leisten sogar lernen muss, damit er später daraus Nutzen ziehen kann und somit auch nützlich für die Gesellschaft wird, ist ihm nie beigebracht oder von ihm nicht verstanden worden. Das Einbahnstraßendenken in Familie und Clan sowie falsch verstandener Nationalstolz und eigennütziges Handeln, einseitig ausgelegte Religiosität sind u.a. mit dafür verantwortlich.

„Ich kann dich nicht verlassen, du darfst mich nicht wegschicken. Wo soll ich denn hin? Ali, bitte, bitte mach das nicht. Ich liebe dich doch. Bitte lass mich bei dir bleiben. Ich werde alles tun was du sagst, nur schick mich nicht weg", fleht sie ihn an, nachdem sie gefrühstückt haben und im Zimmer sind.

„Du heute gehen. Du nicht Ali Frau, du gehen Karl. Karl viel Geld, Du nix Problem machen", redet er auf sie ein.

„Ich kann nicht. Ich liebe dich und bleibe hier", erwidert sie fest entschlossen.

Er schreit sie an: „Du gehen jetzt, Ömnibüs warten. Du weg hier. Ich Gisela nicht wollen."

Laut, trotzig und beharrend sagt sie: „Ich bleibe. Du hast mein Geld genommen, und ich habe es dir für uns gegeben. Du kannst mich nicht wegschicken. Selbst wenn Du es mir wiedergibst, ich bleibe bei Dir, Ali."

Seine geringen Deutschkenntnisse reichen nicht aus, nur Brocken, wie „Geld zurück", versteht er.

Darum brüllt er sie an: „Du nix Geld zurück. Du Nutte. Du Ali Geld geben für gut Sex. Ali gut Sex machen. Du weg! Du viel Problem."

Giselas Ohnmacht beginnt erneut. Alis Worte sind wie Messer, die ihre Liebe zu ihm zerschneiden und sie töten. Ihr Widerstand ist gebrochen. Der Glaube an den Geliebten ist zerstört. Alles ist so hässlich und sinnlos, einen Ausweg gibt es nicht. Sie fällt in Ohnmacht und landet auf der Bettkante. Das Blut läuft aus dem linken Ohr und färbt das grau schimmernde Haar rot.

Karl ist zufrieden mit den geschäftlichen Zukunftsaussichten. Jedoch, was seine privaten Dinge anbelangt, ist doch einiges unklar: Gisela? Ein neues Haus? Eine neue Frau? Dies sind die Fragen, die beantwortet müssen. Er denkt erst über das Leichtere nach, nämlich eventuell ein Haus zu kaufen. Er kennt da einen Makler, den wird er aufsuchen, gleich morgen.

„Satılık (zu verkaufen), ich suche ein schönes Haus mit Garten. Hast du da was für mich? Muss aber gute Qualität haben. Nicht so 'ne Bruchbude, die übermorgen schon zusammen fällt. Verstehst Du? Kann auch ein bisschen Geld kosten, so etwa drei- bis vierhundert Tausend Mark", fragt Karl den Immobilienhändler.

Satılık reißt die Augen auf, so was ist ihm lange nicht mehr passiert, dass jemand sein Geschäft betritt und nach einem Objekt fragt. Aufgrund der geringen Nachfrage hat er seinen Laden umgestellt auf Schreibwaren, Kopieren und Anglerbedarf. Nur das verblichene Schild auf türkisch und deutsch weist auf Immobilien hin. Die Touristen kaufen lieber überteuert von Kellnern, Taxifahrern oder sonstigen vermeintlich guten Freuden. In der Regel sind dann Provisionsaufschläge von 10- 20% oder mehr im Kaufpreis schon enthalten. Die Türken kaufen oft direkt vom Eigentümer.

Er hat sich damit abgefunden und wunderte sich nur über die merkwürdige Psychologie der überwiegend deutschen Käufer und erklärt es oft seinem Nachbarn, um seine Erfolglosigkeit zu rechtfertigen: "In Deutschland kaufen die ihre Eigentumswohnung doch auch nicht vom Kellner oder Taxifahrer, oder? Weißt du, die meisten handeln um jeden Pfennig bis zum Erbrechen beim T-Shirtkauf und schlagen beim Juwelier oder beim Immobilienkauf oft ohne große Preisverhandlung zu. Man, es kam auch schon vor, dass sie noch nicht errichtete Objekte im Naturschutzgebiet gekauft haben, nur weil da bereits zwei Häuser als Alibi zur Besichtigung standen. Es wird auch nicht ins Grundbücher geschaut, ob eventuell später dort eine Straße geplant ist oder gar Grundlasten eingetragen sind. Der Kellner ist häufig im nächsten Jahr nicht mehr in dem Hotel beschäftigt und der Taxifahrer kann sich an nichts mehr erinnern."

Der Nachbar schüttelt nur den Kopf und lacht über die törichten, naiven Touristen, die seiner Meinung nach eigentlich noch viel zu billig davongekommen sind.

„Damit", so meint er, „wahre Idioten etwas merken, müssten sie zur Strafe kräftig beschissen werden."

Satilik winkt dann jedesmal lachend ab und erwidert ihm: "Nein, nein, das würde der ganzen Sache nicht dienen und nur seinem Ansehen schaden."

Er sammelt seine Gedanken und widmet sich Karl: „Karl, Bey (Herr) ich mich freue, das du mein Geschäft kommst. Bitte setzen dich. Was du willst trinken? Tee, Nescafé, ach ja Cola, stimmt?"

„Ja richtig, Cola, aber ich bin nicht zum Tee trinken hier. Ich will ein Haus kaufen. Ein Haus, verstehst Du?

H A U S", buchstabiert Karl dem armen Satılik.

„Ich verstehen. Du wollen kaufen schöne Haus und groß Garten. Ich Villa wissen. Frau aus Istanbul verkaufen ihre Süper Lüx Villa. Eine süper Haus und auch Frau ganz süper. Ich rufen Frau sofort an, vielleicht hier, vielleicht Istanbul. Ein Minüt, bitte, Karl Bey", erzählt er aufgeregt seinem Gegenüber.

Satılik rennt schnell auf die Straße und gibt dem Teejungen Anweisungen einen Liter Cola zu besorgen. Er und das ganze Dorf weiß, dass Karl gern und viel Cola trinkt. Auch möchte er seinen ersten Kunden seit gut sechs Monaten voll auf zufrieden stellen.

„Karl Bey, ich rufen jetzt Frau und fragen."

Mitten im Gespräch bemerkt Karl, dass Satılik hocherfreut wirkt, als hätte er ein privates Rendezvous mit der Dame verabredet. Der kleine Kerl steht sogar während des Gesprächs auf, als könne sie ihn durchs Telefon sehen und verbeugt sich andauernd.

Hoch erregt berichtet er: „Karl du groß Glück. Schöne Frau morgen kommen. Du kannst Haus sehen morgen, vier Uhr."

Am nächsten Tag machen Karl und der kleine Satılik sich auf den Weg zur Hausbesichtigung. Sie gelangen in den nächsten Ort Yesil Köy (Grünes Dorf) und fahren die steile Bergstraße hoch. Am Bergende liegt das zu besichtigende Haus. Eine eiserne Pforte und ein bissiger, kläffender Hund versperren den Zugang. Schrill ertönt Satılik Hupe und ein alter, schmächtiger, gebeugter Mann schleppt sich schlurfend die lange von Blumen und Pflanzen zugewachsene Einfahrt hoch.

„Efendim? (Ja, bitte?)" fragt die helle, nuschelnde Stimme.

Satılik spricht mit dem kleinen Herrn. Helle, wache Augen im faltigen, gepflegten Gesicht, mustern Karl aufmerksam. Der Kleine trägt eine vornehme, dunkle

Weste, dunkelblaue Jeanshose und eine moderne, amerikanische Red-Bull-Schirmmütze. Weder Karl noch Satılik bekommen die Hand des Alten gereicht. Der Hund ist in Verwahrung von einem weiteren heran eilenden Mann gebracht worden. Der Alte setzt sich langsam in Bewegung, Satılik und Karl folgen. Rechts begrenzt ein Blumenbeet mit blühenden Rankgewächsen und unzähligen, blutrot leuchtenden Amarillis, dunkelblau schimmerndem, duftendem Lavendel und anschließender hoch aufragender, gelblicher Natursteinmauer das Grundstück. Linker Hand befinden sich auf dem ersten Plateau viele schattenspendende, großblättrige Obstbäume mit goldgelben, zuckersüßen Früchten, Malte Erik (Malta Pflaume) genannt. Ein ebenso schönes, überwiegend mit roten und weißen Geranien bewachsenes Beet bildet die Abgrenzung zum Weg, der mit großen, hellbräunlichen Schieferplatten erstellt wurde. Ein kleines, niedliches, weißes Gärtnerhäuschen, das mit bis auf den Boden greifenden Weinranken verziert ist, schließt sich an. Ein Holzgestell auf dem Dach, das kaum noch sichtbar mit Wein zugewachsen ist, bildet quasi ein zweites grünes Geschoss und sieht aus, wie eine aufgesetzte Haube. Der schmale Plattenweg mündet rechts in einen großen Vorplatz.

Da steht sie, die Villa. Weiß, mit roten Dächern und kleinem Treppenhaustürmchen. Lange Sprossenfenster mit einladenden, weit geöffneten Fensterläden aus massivem Kiefernholz, die Dachabschlüsse mit verzierten Holzleisten und die mit kleiner weißer Mauer geschützte einladende Terrasse im Dachüberhang, der mit rustikalen Balken abgefangen ist, fallen sofort im Detail auf. Der erste Blick fällt jedoch auf die rankenden, feuerrot leuchtenden Bougainvillea. Ihre prächtigen Scheinblütenranken bedecken weite Dachflächen und die Terrasse.

Vor der mächtigen, handgeschnitzten, antiken Haustür steht die freudestrahlende Hausbesitzerin. Blauschwarze, volle Haarpracht kleidet das sonnengebräunte, schöne Gesicht. Dunkle, freundliche und große Mandelaugen heißen Willkommen. Elegante, schlichte Nobelboutique Kleidung verrät dezent den Anspruch und Geschmack der Besitzerin. Sie schwebt dem kleinen Satılık entgegen und lässt höflich und geduldig die Demuts- und Ehrerbietungsbezeugungen des kleinen Mannes über sich ergehen.

Mit schlichtem Handschlag begrüßt sie freundlich den verlegenen Karl: „Herzlich Willkommen, meine Name ist Hediye (Geschenk)."

Karl ist sprachlos, fasziniert und wie gelähmt vom ausgestrahlten Charme und Charisma dieser Frau.

„Danke", räuspert er sich: „Ich heiße Karl und möchte ihr Haus mal anschauen. Ähem, ich meine, ich suche ein Haus und mein Arkadaş hat mir gesagt, dass sie ihr Haus verkaufen möchten."

„Ja, das ist richtig, kommen Sie herein, bitte", entgegnet sie und macht dabei eine einladende Handbewegung zur offenen Haustür.

Karl betritt das Haus und steht direkt im riesigen bis unter das Dach ragenden Wohnzimmer. Überall Antiquitäten. Ein großer, roter, antiker Teppich lässt den Blick zu der dahinter plazierten schlichten, weißen Polstergarnitur und auf die beiden typisch osmanischen Fensterbalkone, aus Holz gleiten. Das hohe, schräg verlaufende, sichtbare Spitzdach ist mit Kiefernholz getäfelt. Links befindet sich eine kleine schmucke Küche. Hochwertige, handgearbeitete Einbauschränke und eine, einem antiken Kamin nachempfundene, Abzugshaube fallen auf. Rechts neben der Eingangstür entdeckt Karl einen alten Springbrunnen aus Marmor, der einem pyramiden förmigen Tropfsteinkegel ähnlich sieht. Er steht in einem mit Kieselsteinen gefüllten Becken, das mit großen Schildkrötenpanzern, Seesternen und Muscheln bedeckt ist. Unmittelbar vor dem Brunnen führt eine kurze Treppe in einen, mit niedriger Mauer und antikem Geländer abgegrenzten, Gang. Er verläuft parallel zum Wohnzimmer in erhöhter Lage und führt zum Gästeschlafzimmer, Badezimmer und zur Wendeltreppe im wuchtig hochragenden Turm. Hinter der Küche erblickt Karl durch zwei große islamische Torbögen das separate, achteckige, kleine Esszimmer. Es wirkt dennoch in den Wohnbereich integriert und ist ein Turmgebäude, dessen sternförmige, holzverkleidete Turmdecke hoch oben sichtbar ist. Rechts neben der Sitzecke, hinter dem Treppenturm, gelangt Karl erstaunt zum Prunkstück der innen schlicht weiß gestrichenen Villa: Das Kaminzimmer.

Durch einen riesigen Bogen über drei Stufen betritt er das erstaunliche Bauwerk. Die sternförmig angeordnete Holzdecke und der antike phantastisch große, vorgewölbte Holzkamin bilden die Höhepunkte. Parkettfußboden, rundum laufende verzierte Holzborte und große bunte Sitzkissen werden entdeckt. Eine gehämmerte, gemusterte, flache Schale auf perlmuttverziertem Holzgestell bildet einen osmanischen Tisch auf lang ausgelegtem Killim (alter handgewebter Teppich). Eine Fülle von alten Keramikkrügen, Kupfertellern, Kannen, Messingleuchtern und vielen kleinen antiken Gegenständen schmücken den Raum. Über den Turm gelangt man in die beiden oberen Schlafgemächer. Dazwischen befindet sich das große Badezimmer mit massiver Marmorplatte, in die zwei Waschbecken eingearbeitet sind. Gegenüber prangt ein aus alten Kytachia Fliesen hergestelltes Wandgemälde. Eine große, weiße Badewanne lädt zum Bad ein und erinnert an Entspannung. Karl geht die Treppe hinunter in den Wohnbereich und die türkische Dame bittet ihn auf die ihm noch unbekannte zweite überdachte Terrasse, neben dem Esszimmer.

Ein mächtiger, massiver Tisch ist mit Kaffee und Kuchen gedeckt. Sein Blick gleitet in den exotischen Garten, vorbei an einem Palmwedel direkt auf das blaue Mittelmeer. Der Panoramablick ist einmalig und atemberaubend. Karls Eindrücke sind umwerfend und lassen ihn glauben, im Himmel auf Erden zu sein.

„Darf ich Sie zu Kaffee einladen, Herr Karl?", fragt sie den immer noch erstaunten, dessen Blick sich nun auf Satılık gerichtet hat, der genüsslich seinen Kaffee schlürft.

„Oh ja, Kaffee, wie nett, danke schön", stammelt er verlegen und setzt sich. Die türkische Lady schenkt ihm ein und reicht ein Tablett mit selbstgebackenem, frischem Zitronenkuchen.

„Entschuldigen Sie Herr Karl, aber mein Deutsch nicht gut. Ich sprechen wie Gastarbeiter." lächelt sie ihn an.

„Nein, nein, ihr Deutsch ist prima. Endschuldigen Sie sich nicht dafür. Ich habe ihr tolles Haus gesehen und es gefällt mir. Was soll das Schmuckstück kosten?", fragt er direkt und findet allmählich zurück zu seiner alten Form.

„ Meine Tochter und ich die Villa zusammen verkaufen. Wir müssen die Preis noch denken. Zusammen wir sprechen und dann wir sagen, wieviel kostet alles," erklärt sie und bietet ein weiteres Stück Kuchen an.

„Danke schön, der Kuchen schmeckt nach mehr, sehr gut, zu gut. Ich kann ja in den nächsten Tagen noch einmal wiederkommen, um noch ein Stück zu essen und den Preis erfahren", lacht er fröhlich.

Die vornehme Hediye stimmt mit ein und Satılik, der gar nichts verstanden hat, freut sich ebenfalls mit, weil alle lachen.

Gisela erwacht und erkennt Ali sowie einen fremden Mann, der ihr die Hand hält. „Was ist passiert, wer ist der Mann ?", fragt sie schwach und erschöpft.
„Du Kopf kaputt, ich Doktor holen und Mann Doktor, Doktor Gisela helfen. Gisela jetzt o.K. Problem yok", berichtet er.
Der Arzt lässt ihre Hand los, schaut auf die Uhr und berechnet den Pulsschlag. Danach redet er mit Ali, gibt ihm verschiedene Tablettensorten und verabschiedet sich.
Gisela kommt langsam zum Leben zurück und sitzt auf dem Bett, das Kissen im Rücken und spürt den immer stärker werdenden Schmerz im Kopf.
Sie nimmt die Tabletten, die der Arzt zurückließ und schaut Ali traurig an: „Was ist geschehen, ich kann mich nicht erinnern. Bin ich hingefallen?"
Langsam kommt das Gedächtnis und die damit verbundenen Sätze Alis, die der Auslöser waren, wieder. Die Kopfschmerzen werden unerträglich, die Pein wird so groß, dass sie am liebsten laut schreien möchte. Sie hält die Hand vor die Augen und erneut rinnen Tränen über das gemarterte Gesicht. Die Tabletten beginnen langsam zu wirken, die Tränen bleiben.
Ali, den Tränen und Trauer ratlos machen, wendet sich ab und setzt sich draußen auf den Balkon. Seine Ratlosigkeit lähmt ihn und unterbindet weiteres Handeln. Er wartet ab, und vertagt sein Unternehmen, sie aus der Stadt zu bringen, zunächst. Nach einer Weile fasst er den

Entschluss, sie einfach sich selbst zu überlassen. Der Arzt hat ihm gesagt, dass sie eine Gehirnerschütterung hatte, aber die Gefahr ist vorerst gebannt. Sie müsste jedoch ein paar Tage im Bett bleiben. Ein Krankenhausaufenthalt wäre jedoch das beste, dort kann man dann Näheres in Erfahrung bringen. Ali entscheidet sich für eine Kompromisslösung. Er hinterlegt ein wenig Geld für ärztliche Versorgung und für eine Woche Pensionsunterbringung.

Er schreibt auf einen Zettel: „Gisela Geld nehmen und Hospital gehen. Du o.k. Du nicht mehr Ali sehen. Ali Gisela nicht mehr sehen. Du Karl gehen... "

Er wartet bis sie fest eingeschlafen ist und verlässt die Pension und Gisela auf nimmer wiedersehen.

Einen Tag später: Gisela hat den Abschiedsbrief entdeckt und auch den Sinn enträtselt. Von den Tabletten immer noch benommen, die Kopfschmerzen hämmern, starrt sie den Brief und das Geld minutenlang an. Hirnlähmung, Apathie. Sie greift zu der Medizin und weiß nicht welche die Schlaf- und welche die Kopfschmerztabletten sind. Jetzt starrt sie die Packungen an, aber die Lähmung ist gewichen. Sie weiß keine Lösung und weint. Unendlich lange. Sie übergibt sich mehrere Male. Der Körper will eigentlich nicht mehr, der Geist schon gar nicht . Die Auseinandersetzung mit der Wirklichkeit lässt ihr nur einen Ausweg: Weinen, weinen und so lange weinen bis der Geist zum ersten Mal den Weinvorgang unterbricht und zum Denken anregt. Daraus resultieren wieder neue Weinkrämpfe. Nach stundenlanger Pein nimmt sie jeweils eine Tablette und gleitet in erlösenden Schlaf.

In der Nacht wacht sie auf und möchte eigentlich nicht aufwachen. Sie streicht sich sanft über das Gesicht und über das Haar. Dabei bemerkt sie, dass die Schmerzen im Kopf nur noch taub zu spüren sind. Das Stechen ist verschwunden, das Pochen ist weg. Sie steht auf und geht zur Toilette.

„Duschen, Zähne putzen, nur nicht denken", sagt sie sich.

Durch das frische Wasser, das ihren Körper reinigt und den Schmutz davon spült, werden die Lebensgeister geweckt und in gewisser weise auch die unüberwindbaren Probleme ein wenig aufgeweicht und vom Wasserstrom mitgerissen. Sie möchte eigentlich stundenlang unter der Dusche stehen und dem Ablenkungsmanöver größere Zeit einräumen. Mit leeren Augen geht sie zurück ins Bett und kaut jeweils eine Hälfte von den beiden Tabletten.

Morgen früh wird sie aufstehen und eine Entscheidung treffen müssen, denkt sie und Ratlosigkeit gemischt mit tiefen Depressionen ergreift sie.

„Schlafen nur noch schlafen, für immer schlafen, nichts mehr sehen, wahrnehmen, denken, keine Gefühle, ja tot möchte sie sein", denkt sie noch und Tränen laufen ihr übers Gesicht, während dumpfe Müdigkeit sich ausbreitet und wie eine schwere Decke auf ihr lastet.

Zwei Tage sind vergangen und Karl sitzt wieder bei Satılik, dem Hausmakler.

„Kannst du mal die tolle Frau anrufen wegen der Villa? Und - vielleicht hat sie ja auch noch ein Stück Zitronenkuchen für mich", eröffnet er das Gespräch.

„Ich sofort rufen, schöne Frau, mit Telefon. Tamam(o.k.)", lacht er und bedient sein historisches Gerät.

Die unglaubliche Szene: Aufstehen, dauerndes Verbeugen und tiefes, ergebenes Nicken des Kopfes, wiederholt sich wie beim ersten Telefonat.

„Was ist das für eine Frau, die hier in der Türkei als weibliches Wesen so viel Respekt besitzt?", fragt sich Karl und ist total verwundert.

Das Gespräch ist beendet und überglücklich berichtet Satılik, dass die Dame auf Karls Besuch wartet. Der Händler ist voll der Freude, dass eventuell ein super Geschäft für ihn dabei herausspringt und reibt sich innerlich die armen, leeren Hände.

Der kleine Mann, diesmal ziert ein anders Cappy seinen kahlen Kopf, öffnet widerwillig das Tor. Offensichtlich mag er keine Fremden oder sie sind ihm suspekt und drückt dies durch sein Verhalten aus. Karl schaut am Gärtnerhäuschen vorbei und blickt in den Garten: Vier abgestufte nach unten führende Flächen erkennt er.

Insgesamt sind es über zweitausend qm große mit blau blühenden Kriechgewächsen zugewachsene Wiesenflächen. Wie er später ausführlich erfährt, befinden sich darauf alle nur denkbaren Blumen, Sträucher, Obstbäume und Stauden mit ihren Früchten: zuckersüß schmeckende kleine Bananen, zu fast allen Jahreszeiten verschiedene Apfelsinensorten und leuchtend rote, nach Honig schmeckende Kakifrüchte, die beim Pflücken den Saft freigeben und der klebrig die Hand herunter läuft und zum Ablecken verführt. Außerdem gibt es gelbe und blaue, süße Pflaumen, bereits erwähnte ebenso süße Malta Pflaumen, die viele große Kerne besitzen und sich überall im Garten aussäen. Des weiteren findet man verschiedene Weintrauben, phantastische Avocadofrüchte, verschiedene Äpfel und Birnen. Ein Höhepunkt sind unzählige Artischockenstauden, die zwei Monate lang riesige, wohlschmeckende Früchte produzieren, die für die Verdauung nützlich sind. Lässt man sie stehen, entwickelt sich eine unglaubliche, blaulilafarbene, mächtige Blüte, die einem gefärbtem Grasbüschel oder einer Punkerhaarpracht gleicht. Ein weiterer Leckerbissen sind die großen, saftigen Grapefruits, die in ausgereiftem Zustand süß schmecken. Nicht zu vergessen sind die Maulbeeren, die man stundenlang essen könnte, weil sie einfach köstlich auf dem Gaumen zergehen, ebenso wie die vorhandenen Erdbeeren.

Darüber hinaus beherbergt der Garten selbstverständlich auch fast alle Gemüsesorten, die auch in Deutschland wachsen. Es gibt aber auch viele einheimische Sorten, wie z.B. Bakla, eine pelzig schmeckende Bohnenart, die nur gekocht gut schmeckt. Extra scharfe Peperoni und Auberginen, Paprika und vieles mehr. Gewürze und Kräuter direkt aus dem Garten lassen das Herz eines jeden Chefkochs höher schlagen: Pfefferminze, die schon von weitem duftet, ebenso wohlriechendes groß - und kleinblättriges Basilikum, Lorbeer und andere dem Gourmet wohl bekannte und frische Essenverfeinerer, wachsen scheinbar wild im Garten.

Auf der zweiten Ebene entdeckt er eine Plantage mit Zitrusfrüchten. Hier sind auf einer Seite die Apfelsinen, Mandarinen, Klementinen und Mandelbäume und nach einer Freifläche beginnen die Zitronenbäume und Bananenstauden. Im unteren Bereich stehen zwei riesengroße Palmen und rascheln im Wind. Hier sind Zierpflanzen und immer wieder ein atemberaubender, blau blühender Pflanzenteppich anzutreffen.

Eine Kombination zwischen Nutz - und Ziergarten, der genügend natürlichen Freiraum für Kleinlebewesen und Tiere lässt, ist in harmonischer Weise zu bewundern. Die Landschildkröte fühlt sich hier ebenso wohl wie auch das kleine Stachelschwein, das sich vom angrenzenden Wald hierher verirrt hat und die Baklabohnen sucht und genüsslich frisst.

„Hoş geldiniz, herzlich willkommen", wird Karl von der Dame des Hauses warmherzig empfangen.

„Hoş bulduk, (Erwiderung bei der Begrüßung und bedeutet: ich freue mich, herzlich empfangen zu werden)", erwidert der kleine Satılık.

Karl weiß nicht so recht etwas zu sagen. Er ist zu sehr von der Wärme, Herzlichkeit, Eleganz und Schönheit der Dame beeindruckt. Andererseits ist Reden nur manchmal seine Stärke und er ergreift das Wort oft nur wenn er sich der anderen Person überlegen fühlt oder ihr sehr vertraut ist. So ringt er sich nur ein verlegenes „ Danke" ab und weiß nicht weiter.

„Kommen Sie bitte, Mister Karl", fordert sie ihn auf und geht voraus.

„Ich habe heute Gäste und hoffe, es sie nicht stört?", fragt sie Karl.

„Aber nein, gar nicht, überhaupt nicht", fügt er hinzu.

Sie gehen direkt auf den herrlichen Balkon. Dort sitzen zwei ältere Damen und ein leicht betagter Mann.

„Darf ich ihnen mein Freunde vorstellen? Mein beste Freundin Madame Zeynep, und Madame Nüket. Mister Kemal ein gutes Freund. Wir alle, viel lange Zeit aus Istanbul kennen uns. Mister Kemal jetzt schon lange in Avsallar hier wohnt, immer. Er sehr gut Deutsch weiß und kann Translation machen, bitte. Kemal Bey lütfen (bitte)", wendet sie sich charmant an ihren Freund Kemal.

„Efendim? (wie bitte)", fragt dieser nach und wird von der liebenswürdigen Dame, deren Charme man nichts abschlagen kann, aufgeklärt, was zu übersetzen sei.

Die meisten Informationen erfuhr er jedoch schon bereits bevor Karl kam.

„Lieber Herr Karl, die Frau Hediye hat mich gebeten, für sie zu sprechen. Ich hoffe, sie sind damit einverstanden.?", fragt er den verdatterten Karl, der ein so fließendes Deutsch nicht vermutet hatte.

„Ja, natürlich ich bin einverstanden", erwidert er.

„Gut und danke schön. Wie sie wissen, ist die Villa zu verkaufen und die Damen, d.h. die Frau Hediye und die Tochter haben sich besprochen", erzählt Kemal dem interessiert zuhörenden Karl.

Hediye spricht einige Sätze mit Kemal und der fährt darauf hin fort: „Eine Verkaufssumme von dreißigtausend Dollar in bar, nach Abschluss aller Formalitäten beim Grundbuchamt ist das Angebot der beiden Parteien."

Karl ist ein wenig verwirrt wegen der Angabe des Preises in Dollar und fragt darum: „Was macht das in DM?"

„Sehr geehrter Herr Karl, ich kann nur vom ungefähren Devisenkurs ausgehen und das würde umgerechnet ca. 550 Tausend DM ergeben," rechnet Kemal Karl vor.

„Oh Mann, das ist ja wesentlich mehr als ich eigentlich ausgeben wollte. Mal sehen, was sich machen lässt. Das muss ich mir erst noch genau überlegen. Wenn es morgen wieder diesen leckeren Zitronenkuchen gibt, dann komm ich gleich morgen vorbei. Sagen sie das der guten Frau", bittet er Kemal.

Der übersetzt es jedoch nicht sondern sagt auf türkisch etwas ganz anderes, weil sie ihm, von Karl unbemerkt, Zeichen gab, dass sie alles verstanden hatte.

Er sagte schnell und ein wenig verstellt auf türkisch: „Dieser Mann ist blöd und unhöflich. Weder kennt er sich in Währungsumrechnungen aus, noch sagt er „bitte" und lädt sich auch noch selbst zum Kaffee ein."

Hediye und ihre Freundinnen müssen lachen, Satılık hat Humor und lacht ebenfalls, auch Karl lacht mit.

„Liebe, liebe Mister Karl, bitte, bitte sie jederzeit willkommen zu Kaffee zu trinken. Wunderbar und danke schön, danke schön sie meine Lemonkuchen lieben. Wann immer sie wünschen, sie meine Haus immer herzlich willkommen," beantwortet sie lächelnd die Frage nach der Verabredung.

Die Einlassung auf den eigentlichen Zweck vermeidet sie bewusst.

Karl hatte bereits am Anfang des Gesprächs gemerkt, dass der kleine Mann mit der Schirmmütze und Torwächter sich als Butler herausstellte.

„So einer bist du also, du kleiner Scheißer. Unfreundlich und vom vielen Nase hoch Falten im Nacken. Na, warte ab, du kommst mir noch vor die Flinte du dämlicher Hund", dachte er zu Beginn, als die Erkenntnis kam und warf ab und zu grimmige Blicke in Richtung des servierenden Hauspersonals.

Vermek (geben), der kleine, alte Mann mochte Karl von Anfang an nicht und goß einmal absichtlich zitterig etwas Kaffee auf Karls Hose.

„Du halber Hahn, pass' doch besser auf. Gib lieber den Löffel ab du alte Motte", ranzte er ihn daraufhin leise an.

Jetzt nähert sich der Butler wieder mit der Absicht, Kaffee nachzuschenken und um diesmal auch partiell das mittlere Hosenbein zu begießen. Aber Karl winkt ab. Er hat wohl eine Vorahnung und zeigt ihm darum unter dem Tisch den senkrechten Mittelfinger.

„Du krummer Hund, ich weiß genau, was du vorhast", zischt Karl dabei den kleinen Vermek an, wieder kaum hörbar und von den anderen Gesprächsteilnehmern abgewandt.

Der Butler wird daraufhin zornig, kann im Moment aber nichts ausrichten und kehrt wütend in die Küche zurück. Er verdammt Karl und wünscht ihn in die Hölle und brabbelt leise vor sich hin. Seine Gesichtsfarbe ändert sich und Zornesröte steigt auf. Den Hund will er auf Karl hetzen, denkt er.

„Warum hat Allah bloß solche Menschen geschaffen. Der Alman ist ein bösartiger Mann, ein richtiger Pezevenk (Frauenhändler)", gestikuliert er wild und reagiert sich ab im Selbstgespräch.

Gisela macht die Augen auf und kämpft gegen das immer noch betäubend wirkende Schlafmittel an. Der Akt ist eigentlich sinnlos, weil das zu Erwartende grausam ist. Dennoch bringt sie den Willen auf und erledigt wie in Trance die Morgentoilette. Sie schaut in den Spiegel und ihr Konterfei ist alles andere als angenehm: Tiefe schwarze Ränder unter den rot verquollenen Augen, hängende Lider und die Falten scheinen zugenommen zu haben. Sie mag sich gar nicht und Tränen rinnen übers Gesicht und werden mit kaltem Wasser vermischt, verwischt und davon gespült. Mit offenen Augen spült sie kaltes Wasser auf die Pupillen, um so die arg gebeutelten Tränensäcke abschwellen zu lassen. Nichts fällt ihr leicht.

„Verdrängen, Blick nach vorne richten, das Leben muss weiter gehen, aber wie?" denkt sie. Sie erinnert sich an eine Freundin in Alanya. „Die Telefonnummer, wo hab ich bloß die Nummer?", überlegt sie verzweifelt und eilt ins Zimmer, wo sich ihre Handtasche befindet.

Sie kramt darin herum und findet ihr kleines Notizbuch mit den Telefonnummern und Adressenangaben ihrer besten Freundinnen. Hastig sucht sie den Namen Marion, findet ihn und seufzt erlöst. Sie starrt das lederne Büchlein an und Erinnerungen kommen hoch: Nach der ersten

Nacht mit Ali machte er es ihr zum Geschenk. Tränen tropfen auf die goldene Gravur auf dem Cover und verwischen die Aufschrift: Don't forget (Nicht Vergessen).

Adana am Tag ist keine Freude für Gisela. Straßenlärm, Hektik und rücksichtslose Autofahrer, für die Fußgänger offensichtlich Freiwild sind, verschrecken sie sehr. Sie steht mit ihren Koffern und dem Rezeptionsmanager an der Straße. Er winkt ein zerbeultes Taxi herbei und sagt dem Fahrer, dass er die Dame bitte zum Omnibus Bahnhof bringen solle. Laute Folkloreklänge dringen an ihr Ohr, als sie das Taxi besteigt. Los geht die wilde Fahrt, das gleiche Chaos im Straßenverkehr wie bei der Ankunft wiederholt sich. Gisela nimmt von alledem kaum etwas wahr. Ihre Gedanken sind bei der Freundin. Rückblende: Sie hatte Marion von der Pension aus angerufen und konnte sie über das Handy erreichen. Marion war überrascht und bestürzt über die vielen Neuigkeiten. Selbstverständlich ist sie herzlich willkommen. Sie wird Gisela vom Bus abholen und sich um sie kümmern. Zwar hatte auch sie enorme Probleme mit ihrem letzten Lover, aber das ist jetzt vorbei und ein Neuer ist bereits eingezogen. Alles weitere später im Detail, erzählte ihr die Freundin.

Gisela hatte Marion bei Haschürt kennen gelernt. Sie arbeitete damals im Juweliergeschäft, als Karl und sie noch normale Touristen waren. Durch den damaligen Freund ist Marion vor einem Jahr nach Alanya gezogen. Beide mochten sich und Gisela war interessiert an Marions Verhältnis zu ihrem türkischem Partner, weil ihre Liebe zu Ali gerade entbrannte. Sie sind Freunde geblieben, nicht zuletzt, weil offensichtlich auch gleiches Los sie verband.

Marion hat schon so manche bittere Erfahrung sammeln müssen. Ihr letzter türkischer Freund, der gut fünfzehn

Jahre jünger war als sie, hat sie fast jedesmal, wenn er betrunken nach hause kam, verprügelt. Marion ist eine resolute Frau und hatte ihn zuvor kritisiert, was ihn auf die Palme brachte und mangels Argumenten in wilden und wüsten Schlägereien endete. Auch seine Absichten waren nicht klar, warum er mit einer wesentlich älteren Frau zusammen ist. Naheliegend ist die finanzielle Absicherung, die durch Marion gegeben war. Sie selbst war durch das Täuschungsmanöver und natürlich durch naive Liebe in erster Linie geblendet. Wegen ihrer burschikosen und herrischen, kompromisslosen Art verließ er sie dann nach einigen Anläufen endgültig.

Oft ist zu beobachten, dass gerade starke Frauen in der Türkei ihr Glück zu finden glauben. Sie bringen ihr Problem mit, vor dem sie geflohen sind. Probleme reisen mit, man kann sie nicht zurücklassen wie Ehemänner oder gar Kinder. Auch ist oft festzustellen, dass die Vater - Tochter Beziehung problematisch war. Die kaum erwiderte Liebe zu einem starken und strengen Vater wird hier weiter gesucht. Die Kopie des Vateridols bringt die starke Frau zustande. Die schwache den Ausgleich suchende Mutter ist nicht erstrebenswert. In der Scheinwelt der Liebe zu starken Männer, die sie suchen, erleiden sie dann Schiffbruch. Selbst wenn die Liebe von dem männlichen Partner ernst gemeint ist, gerät sie dennoch unter Druck: Der Freundeskreis des türkischen Mannes, der ihm sehr wichtig ist, verbietet es, dass eine Frau den Mann öffentlich diskreditiert.

Marion hat jetzt einen älteren und äußerst netten Partner gefunden. Aber wie das Leben so spielt, nichts ist perfekt: Er trinkt gern im Kreise seiner Freunde einen Schluck zu viel. Sie kritisiert ihn, was er teilweise ignoriert, aber auch oft aus Trotz zum Anlass nimmt und den Durst in ihm verstärkt. Durch falsche Kritik erreicht sie nur das Gegenteil. Ein Ende der Beziehung ist abzusehen und vorprogrammiert. Anstatt aufzuhören zu kritisieren, wird die anhaltende Kritik zum eigentlichen Problem.

Kritik ist oft erfolglos. Die meisten Menschen fassen sie als Angriff auf ihre Person, ihr Ego, auf. Je geringer das Selbstvertrauen einer Person ist, um so vorsichtiger und behutsamer sollte man mit Kritik umgehen. Zum Beispiel: Die Geschäfte von Marions Partner laufen über Wochen lang schlecht. Sein Selbstwertgefühl ist angeschlagen und sie kritisiert ihn dann in ihrer barschen Art. Dies löst bei ihm nur Missfallen und Trotz aus. Die Person, die ihm eigentlich beistehen sollte, wird missverstanden und missachtet. Das Gegenteil wird erreicht und verstärkt die allgemeine schlechte, geschäftliche und private Lage darüber hinaus. Das eigentliche Problem, warum das Geschäft unbefriedigend ist, wie es verbessert werden könnte und warum er soviel Alkohol konsumiert, wie er es in den Griff bekommen kann, rückt mehr und mehr aus der Perspektive. Übrig bleibt nur noch die ätzende, zerstörende Kritik.

Kritik sollte umgangen werden, indem man tiefer schürft und gemeinsam versucht, die Ursachen zu ergründen. An den Symptomen herum zu nörgeln, ist der falsche Weg. Durch den Vorschlag, es gemeinsam zu meistern wird der Einstieg zur offenen, ehrlichen Diskussion erleichtert. Kaum einer lernt aus Kritik an seiner Person, sondern meistens nur durch eigene Erfahrung. Es lohnt also nicht, sich auf die Ausnahmen zu konzentrieren. Es sei denn, es handelt sich um einen „guten Japaner", der wissbegierig aus Kritik lernen will, um sich zu verbessern.

Gisela sitzt im Bus und ihre Hoffnungen und Träume sind zerplatzt. Sie versucht, nicht an die Vergangenheit zu denken und konzentriert sich auf tote Gegenstände. Eine unbekannte Umgebung unter fremden Türken, deren Sprache sie nicht versteht, verstärkt ihre Einsamkeit.

Traurig und verlassen setzt sie ihre ganze Hoffnung auf die Freundin.

„Hoffentlich ist Marion da und holt mich ab, sonst breche ich zusammen", denkt sie und ringt mit den Tränen.

Jetzt, wo der erste Schock gewichen ist und zuvor nur reiner Überlebenskampf vorherrschte, kommen andere Gedanken: Karl.

„Auf keinen Fall kann ich zu ihm zurück. Wie sollte ich ihm in die Augen schauen nach alledem, was passiert ist. Was kann ich zur Entschuldigung sagen. Er wird mich ohnehin nur auslachen und wegschicken. Welchen Sinn hätte es also. Nein, Karl wird mir nicht helfen sondern sich freuen, dass er das ganze Geld jetzt für sich hat. Wovon soll ich leben.? Ich hab doch nichts", kommt ihr plötzlich in den Sinn.

Tränen kullern übers Gesicht. Sie senkt den Kopf und schluchzt leise in sich hinein. Ein armes Häufchen Elend fühlt sich noch geringer und möchte nicht mehr sein.

Die vornehme Gesellschaft aus Istanbul hat sich bei Hediye Hanim (Frau) wieder eingefunden.

Bei Tee und Gebäck wird über Politik diskutiert: „Was wird die neue Koalitionsregierung unter dem neuen sozial- demokratischen Kanzler Ecevit ausrichten können? Ja, der starke Führer und Wirtschaftsfachmann der Rechtspartei MHP und mitregierende Partner macht einen guten Eindruck. Hoffentlich können sie gemeinsam das Ruder herumreißen und die anhaltende Wirtschaftskrise, Inflation, Arbeitslosigkeit und die Korruption samt Mafia bekämpfen."

Moral- und Kulturverlust wird beklagt: „Der alte Mensch, der in der Türkei nach alter Sitte geachtet und verehrt wird, gilt in der Großstadt nicht mehr viel. Analogien zur westlichen Kulturentwicklung sind zu beobachten und werden verurteilt. Das alte Istanbul mit ca. einer Million Einwohnern und etwa dreißigtausend Alteingesessenen, die zu den sehr angesehenen Familien gehören ist Passé."

Die vornehmen Familien, zu denen sie auch zählen (Kemal war Klassenkamerad von Ecevit, Hediyes Vater war häufiger Diskussionspartner von Kemal Atatürk) wurden durch Neureiche und Mafiabosse verdrängt. Ihre schlechten Manieren und ihr verschwenderischer, protziger Lebensstil wirkt auf sie abstoßend und fremd. Hediyes Vater, einer der wohlhabendsten Männer der damaligen Zeit, wollte kein Auto besitzen, weil er meinte, das würde ihn von den einfachen Menschen isolieren. Das heutige Istanbul, das in den letzten zwanzig Jahren auf atemberaubende zwölf Millionen Einwohner angewachsen ist, wächst unaufhörlich, wie ein Moloch, weiter.

„Wer seit vier Jahren in Istanbul lebt, bezeichnet sich stolz bereits als Einheimischer", erzählt Hediyes Freundin gern und lächelt dabei mitleidig über den einfältigen Tropf.

Nachgefragt, entpuppt er sich dann als Kurde aus Ostanatolien.

„Er merkt dann den Unterschied in der Sprache und vornehmen Ausdrucksweise, was er bewundert und freut sich, eine richtige, alte Istanbuler Dame kennengelernt zu haben", erzählt sie dann weiter.

Sind europäische Gäste zugegen, wird die Konversation dann in ihrer Landessprache fließend und fast perfekt in englisch oder französisch weitergeführt. Dies geschieht aus Gründen des Taktes, des Anstands sowie der Höflichkeit dem Gast gegenüber. Hediye spricht darüber hinaus auch noch perfekt italienisch. Ein phantastisches Allgemeinwissen auf vielen Gebieten sowie immer up to date auf kultureller, gesellschaftlicher und politischer Ebene, zeichnet sie alle aus. Man erlebt einen charmanten und liebenswürdigen Flair vergangener Zeiten in alten feudalistischen, elitären Kreisen, gemischt mit modernen Ansichten. Ein überraschendes und wohltuendes Erlebnis, das in der Türkei zunächst nicht vermutet wird und schon gar nicht in das vorurteilsbelastete Bild passen will.

Karl wird angekündigt und wahrhaft herzlich begrüßt. Nur Kemal mag diesen Deutschen mit den schlechten Manieren nicht so sehr. Die Damen verzeihen Karl gern mit Toleranz und Nachsicht auf seine einfache Herkunft, die ihnen von den eigenen Landsleuten zwar selten unhöflich begegnet, aber doch nicht unbekannt ist. Zu seiner Freude wird extra Kaffe gekocht und ein Stück geliebter Zitronenkuchen ist auch noch vorhanden. Man ahnte schon, dass er sich bald melden würde. Der schmächtige Butler würdigt Karl keines Blickes und straft ihn mit Ignoranz. Karl hat seinen kindischen Kleinkrieg vorerst beigelegt. Für ihn ist der vorher so Verhasste ebenfalls gar nicht vorhanden. Sie beachten sich gegenseitig wie Luft und „zweimal Luft" kann sich schnell in „dicke Luft" verwandeln. Es knistert zwischen den beiden so sehr, dass die Moskitos in der elektrisierten Luft tödlich zu erstarren drohen und beim Absturz Karls Kaffee versauen könnten, welcher mit reichlich Salz zuvor vom „kleinen Scheißer" (Karls O-Ton) fröhlich gewürzt wurde. Der erste Schluck bewirkt bei Karl einen Hustenanfall, gefolgt von Erstaunen mit weit aufgerissenen Augen, die den verhassten Feind suchen.

„Mister Karl, gibt es eine Problem mit ihre Gesundheit?", fragt Hediye zugleich.

Karl muss sich erst berappeln, japst nach Luft und schiebt erst mal ein Stück süße Torte zur Neutralisation nach. Dies gibt ihm Gelegenheit, sich zu entscheiden und er wählt im Geiste seinen alten Ehrenkodex bei Rivalitäten: „Ich brauche keine fremde Hilfe, um die Ratte platt zumachen."

„Nein, mir geht es prima. Ich habe den köstlichen Kaffee nur in den falschen Kanal bekommen", noch ein wenig angesäuert.

"Ich werde ihre Villa kaufen und möchte den Butler mit übernehmen, wenn das möglich ist", entgegnet er, erfreut über seinen eigenen Witz.

„Das sein nicht möglich, Mister Karl. Unsere Personal, ist nicht zu verkaufen. Herr Vermek schon meine Vater hat gearbeitet. Vor viele Jahre schon. Er gehört zu Family bestimmt jetzt schon fünfzig Jahre immer unsere Hause sein. Ich aber sehr glücklich, sie unsere Villa kaufen möchten. Ich wünschen ihnen viele Glück und schöne, gute Leben in jetzt ihre Haus."

Sie gibt Vermek Anweisung, den gekühlten Sekt zu servieren.

„Sehr nett von ihnen und schade, dass ich ihren „reizenden" Knaben nicht mit kaufen kann", lacht Karl heftig und glaubt, dass keiner sein Wortspiel verstanden hat.

Bei der Verabschiedung steht Vermek bereits mit dem zähnefletschend Hund an der Leine in der Haustür, um Karl zur Pforte zu bringen.

„Du Schmeißfliege, du Missgeburt irgendwann dreh' ich dir den Hals um", verflucht er den belustigt drein schauenden Butler.

Der Hund beginnt daraufhin zu bellen, als ob er mehr verstanden hätte, als der kleine Vermek. Karl gibt auf und vertagt sein kriegerisches Vorhaben. Bis zum nächsten Mal.

„Hallo Gisela. Hallo, hier bin ich", ruft Marion im Gedränge am Busbahnhof in Alanya.

„Marion!", ruft Gisela aus der Menschenmasse heraus erleichtert.

Sie eilen auf einander zu und umarmen sich überglücklich.

„Mein neuer Freund Içmek (Trinken), Gisela, meine Freundin", macht sie die beiden miteinander bekannt.

„Herzlich willkommen", sagt Içmek und ein freundliches Lächeln strahlt Gisela an.

„Danke schön, ich freue mich, „erwidert Gisela und ein seit längerer Zeit nicht mehr gekanntes, angenehmes warmes Gefühl geht durch ihren Körper.

„Ich danke dir, dass du da bist, Marion. Du glaubst gar nicht, was ich geschwitzt habe und immer daran gedacht habe, ob du mich wohl abholst. Ich hatte solche Angst. Nach alledem, was ich erlebt habe. Ich kann dir gar nicht sagen, wie froh ich bin", platzt es aus ihr heraus.

Marion nimmt sie in den Arm und tröstet sie: „Es wird schon alles wieder gut. Nur keine Angst. Wir werden schon auf dich aufpassen." Gisela ist froh und fühlt sich geborgen.

Wie eine Schiffbrüchige kommt sie sich vor und drückt Marion immer wieder aus tiefster Seele heraus.

„Ja, meine Liebe, wir werden uns um dich kümmern. In ein paar Tagen wird es dir besser gehen. Içmek, mein Freund, ist übrigens ein guter Koch. Er macht alles, was du sagst und ist ein ganz lieber Kerl. Du wirst schon sehen, alles wird tamam (o.k.) sein", klopft sie ihr liebevoll auf den Rücken und drückt sie nochmals herzlich.

„So, dann lass uns mal los", übernimmt sie das Kommando und weist ihren Freund an, die schweren Koffer zu schleppen.

Im Taxi geht's durch das kleine, erträgliche Verkehrschaos in Alanya. Das Apartment liegt in der Nähe des Hafens direkt neben der Moschee. Zwar gibt es keinen Meerblick, aber die Wohnung ist angenehm geräumig und es sind zwei schöne große Schlafzimmer vorhanden.

Gisela hat während der Fahrt Marions Hand gehalten und war den Tränen wieder nahe.

Als Marion dies bemerkte, beruhigte sie sie mit den Worten: "Na, na, wer wird denn weinen, das sind die Kerle doch gar nicht wert. Kopf hoch, wird schon wieder werden. Komm, mach ein fröhliches Gesicht. Das Leben geht weiter. Los. Nu, mach schon!", muntert sie die Arme auf und drückte ihre Hand fester.

Geduscht, ausgepackt und zurück im Leben, betritt Gisela das gemütlich eingerichtete Wohnzimmer. Der Tisch ist gedeckt: Es gibt osmanische Pfanne, eine Spezialität der Türkei und Içmeks. Es ist mit deutschem Gulasch in etwa zu vergleichen. Mit viel Tomatensauce, Zwiebeln, Knoblauch, Paprika und Lammfleisch gekochtes Ragout. Dazu gibt es, wie immer Ekmek (Weißbrot).

Die Türken essen Brot zu den Mahlzeiten, wie die Deutschen ihre geliebten Kartoffeln. Zu fast jeder Mahlzeit wird aufgeschnittenes Weißbrot gereicht. Vor jedem Supermarkt stehen mehrere, prall gefüllte Glasschränke mit ausschließlich einer Brotsorte: Ekmek. Das Getreide für das Brot wird vom Staat subventioniert und ist somit für die Bevölkerung ein preiswertes Grundnahrungsmittel. Ein Brot kostet etwa dreißig Pfennig. Das momentane „Grundnahrungsmittel" für Içmek ist allerdings Rakı. Die Anisschnapsherstellung, ein staatlicher Monopolbetrieb, garantiert niedrige Verkaufspreise und ist zum Glück für den Genießer Içmek ebenfalls erschwinglich. Ausländische, alkoholische

Importware kostet etwa das drei- bis vierfache dessen was in Deutschland dafür bezahlt werden muss.

Gisela hat Appetit und lobt Içmeks Kochkünste. Marion, nicht gerade unterernährt, schmeckt es vorzüglich und sie bedient sich gerade ein drittes mal. Der einzige, der mehr trinkt als isst, der Koch Içmek, freut sich, dass sein Essen den beiden schmeckt.

"Was wollen wir heute abend machen? Kommst du mit in unsere Boutique?", fragt Marion ihre Freundin.

„Ich weiß nicht, was ich machen soll, ich bin so durcheinander", antwortet Gisela hilflos.

„Komm mit, da bist du unter Menschen und nicht allein. Wir haben auch viel Zeit und können miteinander reden. Es sind im Moment wenig deutsche Gäste hier. Das sind die Einzigen, die überhaupt was kaufen. Die Türken kannst du vergessen, die kaufen nichts und die Russen rennen von einem Laden zum anderen und fragen nach dem billigsten Preis, die kannst du meistens auch vergessen. Dann gibt es noch ein paar Holländer, Franzosen und Skandinavier, die sind gut, aber zu wenig. Zur Zeit ist alles beschissen. Seit Öçalan sind die Deutschen ausgeblieben. Diese verdammten Reisebüros in Deutschland erzählen den Touristen, wie gefährlich es in der Türkei ist, aber hier ist überhaupt nichts los. Die spinnen total", ereifert sich Marion und Wut steigt in ihr hoch.

„Reg dich doch nicht so auf, Marion. Du kannst nichts daran ändern. O.K., ich komme mit, aber bitte nicht zu lange, ich weiß nicht, ob ich durchhalte", sagt Gisela ein wenig zaghaft.

Öçalan ist der Name des PKK-Führers, der im Februar 1999 in Afrika vom türkischen festgenommen wurde. Zuvor hatte er eine Odyssee durch mehrere europäische Staaten sowie Russland hinter sich, aber keiner wollte ihm politisches Asyl gewähren. In Italien zunächst unter

Hausarrest gestellt, wurde er wieder freigelassen. Die gerade neu gewählte, rotgrüne Regierung in Deutschland, die einen Haftbefehl gegen ihn hatte, wollte ihn nicht. Man hatte Angst vor Demonstrationen und Ausschreitungen fanatischer Öçalan Anhänger. Diese Befürchtungen wurden wahr, als Apo, wie er auch genannt wird, dann zwei Monate später überraschend vom türkischen MIT (Geheimdienst) quasi gekidnappt und in der Türkei vor Gericht gestellt wurde. Gewalttätige Demonstrationen in ganz Europa waren die Folge. Drei Kurden wurden beim Eindringen in eine israelische Botschaft erschossen. Junge fanatische Kurden, darunter auch Mädchen, nahmen sich öffentlich das Leben. Als „Brennende Fackel" oder durch Zünden von Handgranaten und Dynamit, das am Körper befestigt war, nahmen sie sich in den großen Städten sowie im Osten der Türkei das Leben. Fassungslos stand man vor diesen Ereignissen und eine Lösung des Konflikts scheint nicht in Aussicht zu sein.

Vor etwa fünfzehn Jahren hat Öçalan (auch „Apo" genannt) die kurdische PKK (Partei des kommunistischen Kurdistans) gegründet. Seine Befreiungsaktionen für ein freies, unabhängiges kurdisches Volk endeten in Waffenauseinandersetzungen mit dem türkischen Militär und hat vielen Menschen, meist Unbeteiligten, das Leben gekostet. Auf türkischer Seite werden über dreißigtausend Tote beklagt und auf der anderen Seite sind es nicht weniger. Oft junge wehrpflichtige Soldaten (Mehmet schiks) werden in die Auseinandersetzung „geworfen". Durch ihr Mitwirken und Sterben entstand unendlicher Hass auf die PKK, der bei der Gerichtsverhandlung öffentlich zur Schau gestellt wurden.

Reue und Einsicht in sein Verhalten sowie der Aufruf zur Umkehr an seine Parteigenossen gerichtet, waren die erstaunlichen Aussagen seiner persönlich vorgetragenen

Verteidigung. Ein Mitwirken seiner Person zum Frieden setzte den Schlusspunkt seiner langen und geduldeten Reden. Es änderte jedoch nichts an dem danach gefällten Todesurteil. Auf eine mögliche Vollstreckung des Urteils, zu welchen vom Parlament die Zustimmung benötigt wird, wartet man gespannt. Das Parlament hat zum ersten Mal die große Chance, den vom Militär bisher beherrschten Konflikt zu lösen. Keine leichte Aufgabe. Chancenwahrnehmung zum Frieden und zur Aussöhnung mit ihren kurdischen Brüdern wäre wünschenswert. Eine Vollstreckung würde die Bewegung neu erstarken lassen und weitere sinnlose Opfer fordern.

Patriarchalische Stammesfürsten in der Osttürkei, wo überwiegend Menschen kurdischer Abstammung anzutreffen sind, herrschen dort indirekt über die Bevölkerung, wie bei uns früher im Mittelalter. Sie sagen, was geschieht und was nicht. Geringe Schulbildung, weil Bildung verpönt ist und Arbeitskraft gebraucht wird, kennzeichnen das tägliche Leben. Analphabetentum, Armut, hohe Geburtenraten (oft 10 - 15 Kinder, die Lebensversicherung der Väter) und Arbeitslosigkeit bei den hier Lebenden und Erosion weiter Gebiete zeichnen ein trostloses Bild.

Auf diesem Boden gedeihen Machterhalt, Feindbild des bösen Türken, (damals waren es die Osmanen), Nationalismus im Schafspelz des Kommunismus und Aufbegehren gegen die angeblichen Herrscher, die an allem Schuld sind, aber auch Rauschgifthandel, prächtig. Ein irrsinniges, verworrenes Gemenge aus Machterhalt, alten Strukturen, armer ungebildeter Bevölkerung, organisierte Kriminalität (Menschenschmuggel ganzer Schiffsladungen Ausreisewilliger und Rauschgifthandel), Zwang zu blutigem Befreiungskampf und harte Gegenwehr auf der anderen Seite verstellt den Durchblick. Schuldzuweisungen sind auf beiden Seiten an der Tagesordnung. Eines scheint sicher; Öçalan hat durch seine brutale, Menschenleben opfernde Art auf die Zustände aufmerksam gemacht. Die ganze Welt spricht davon.

Waren die vielen Opfer es wert? Wer oder was profitiert letztlich davon? Gibt es Sieger? Haben die vielen Toten den Hass auf beiden Seiten soweit geschürt, dass ein selbsterhaltender Konfliktkreislauf entstanden ist? Kann so eine friedliche Zukunft der Kurden in der Türkei entstehen oder werden sie in zwei Lager gespalten, wie in ähnlich gelagerten Konflikten mit langer Dauer?

Der Blick für die eigentlichen Ursachen wird getrübt und verstellt durch Hass, Gewalt und Gegengewalt. Aufbrechen alter Stammesstrukturen, Erziehung zu Toleranz, zu Völkervielfalt, die friedlich neben einander existiert, und Weiterentwicklung in eine multikulturelle Zukunft für alle ethnischen Völker ist so gewaltsam in weite Ferne gerückt worden.

Früher wurden Kriege geführt, um sich an dem anderen zu bereichern und seinen Machteinfluss zu erweitern. Heute gibt es auf der ganzen Welt mit Waffengewalt ausgetragene Konflikte, die die Unabhängigkeit von ethischen Völkern erzwingen sollen, ob in Afrika, Südamerika oder wie jetzt auf dem Balkan im Kosovo. Fragwürdige Gründe und Ziele werden in den Vordergrund geschoben. Oft willkürlich, sinnlos gezogene Grenzen, wie auch in der kurdischen Region, sind mit die Ursache der Auseinandersetzung. Die verfeindeten Bevölkerungsgruppen sind durch ihre gesellschaftliche Entwicklung nicht in der Lage, höhere Ziele anzusteuern und umzusetzen. Eine kriegerische Handlung scheint der Ausweg zu sein. Nicht nur eine Weltpolizei, wie die UNO, so sie denn zu der durchschlagkräftigen Macht wird, kann Abhilfe leisten, sondern auch Prävention und vorbeugende Maßnahmen, die zur Befriedung beitragen. Die wohlhabende Welt muss einsehen, dass sinnvolle Maßnahmen (z.B.: Hilfe, die langfristig wirtschaftliches Wachstum garantiert, Bildung und Toleranzbildung, Entwicklung demokratischer Strukturen) besser sind, als Befrieder, langfristiger Beschützer und aufwendiger Subventionär. Gelingt dies nicht, braucht man viel Geld und unzählige Kräfte, aber kein Konflikt wird so langfristig gelöst werden. So wird nur ein Brand gelöscht, bzw. unter Kontrolle gebracht, aber der Brandherd wird nicht bekämpft. Der Brandstifter kann morgen an anderer Stelle neu zuschlagen. Aus einem Schwelbrand entsteht ein Feuer, ein neuer Krieg unter dem wie so oft überwiegend Unschuldige ihr Leben lassen.

Auf der einen Seite sehen wir Entwicklungen hin zu allgemeiner Globalisierung (z.B. Internet, internationale Kongresse, Mega-Firmenzusammenschlüsse, die sich an keine Landesgrenzen halten) und multikulturelle, gesellschaftliche Vermischung, auf der anderen Rückwärtsorientierung zu alten Traditionen und Rassenstolz. Durch Reisen in die Vergangenheit oder Besinnung auf die Rasse kann der Sprung in die hoch entwickelten modernen Gesellschaften nicht geschafft werden. Bei engstirniger Betrachtung besteht die Gefahr, dass die wirtschaftlichen und kulturellen Abstände leider größer und nicht kleiner werden. Orientierung an höher entwickelten Kulturen, die wirtschaftlich erfolgreicher sind, Respekt und Toleranz gegenüber anderen Rassen und Völkern sowie Integration, sollten die Ziele sein. Kulturelle Fehlentwicklung, Beharren auf sich ohne Selbstkritik, Ignoranz und Selbstverherrlichung führt ins Abseits und in wirtschaftliche Abhängigkeit und Isolation.

So ist das Leben

„Karl, wir müssen morgen früh zur Gendarmerie nach Yesil Köy", sagt die rauhe Stimme am Telefon.

„Was gibt's denn?", fragt Karl leicht nervös.

„Der Kommandante möchte mit dir reden, morgen früh um zehn, mehr kann ich dir nicht sagen. Bis morgen also, Karl. Ich hol' dich ab. Mach's gut, und Tschüs", erwidert die Rabenstimme.

„O.K bis morgen, Tschüs", sagt Karl und Sorgenfalten sind auf seinem Gesicht.

„Was ist los? Gendarmerie ist nie was Gutes. Zum Henker, was soll das?", zermartert er seinen Kopf und grübelt angestrengt darüber nach, was wohl der Grund sein könnte: „Der Hauskauf ist ohne Probleme über die Bühne gegangen. Haschürt hat sein Geld bekommen, das kann's auch nicht sein. Gisela? Ja, vielleicht gibt es Probleme mit der blöden Kuh. Möglich. Naja, egal, abwarten. Wird wohl nicht so schlimm sein", denkt er sich und macht sich für den Strand fertig.

Es ist Vormittag, wie immer strahlend blauer Himmel und ein angenehmes warmes Lüftchen weht vom Meer her. Karl ist Frühaufsteher. Er hat bereits gefrühstückt und erste Anweisungen und Vorbereitungen für den bevorstehenden Umzug getroffen.

„Werd' mal bei Haschürt vorbeischauen. Mal sehn, was es Neues vom Geschäft gibt?", überlegt er und schlägt den Weg zum Juwelier ein.

Mindestens zehnmal wird er auf dem Weg zum Tee eingeladen. Alle wissen bereits, dass er die Villa gekauft hat und ahnen, dass er der große Geldgeber für Haschürt ist. Sie ärgern sich insgeheim, dass sie nicht den großen Fisch an Land gezogen haben. Im Stillen hoffen sie jedoch noch auf die Chance, dass Karl sich auch bei ihnen beteiligt. Einige von ihnen haben allerdings nicht die besten Absichten dabei.

Schon von weitem kann er sehen, dass die Rolläden vom Geschäft noch unten sind.
„So'n Scheiß, wieso hat der noch zu?", fragt er sich und schaut auf die Uhr.
„Hm, um zehn hat der doch normalerweise schon auf. Na ja, egal, dann eben zum Strand", murmelt er vor sich hin.

„Hallo Karl, wie geht's? Komm doch mal rein und lass uns Tee trinken", ruft die Stimme des Lederverkäufers.
„Danke, mir geht's gut, Arkadas. Was ist mit Haschürt los? Wieso ist die Bude noch zu?", erkundigt er sich und testet mit seinen einhundert Kilos die feinen Ledersessel.
„Ich weiß nicht. Vielleicht war gestern abend ein super Geschäft und Haschürt hat danach noch lange gefeiert. Macht wohl etwas später auf. Keine Ahnung. Was willst du trinken, Karl? Tee? Nescafé oder Cola?", fragt Hans Ahmet den leicht besorgten Karl.
„Cola, mein Guter. Wo warst du eigentlich in Deutschland. Was hast du da gemacht? Erzähl mal, wie war's in Deutschland?", will Karl wissen und rekelt sich angenehm im komfortablen Möbel.
„Ich bin in Hamburg aufgewachsen. Als ich vier Jahre alt war bin ich nach Deutschland gekommen. Die Schule war scheiße. Mein Alter hat mich immer verdroschen. Mit fünfzehn bin ich dann von zu Hause weg. In Hamburg auf dem Kiez (Rotlichtbezirk) hab' ich viele Freunde. Würd' ich gern mal wieder sehen. Geht aber nicht, die haben mich ausgewiesen", erzählt er dem interessierten Karl, der schmunzelnd zuhört.
„Was hast du denn ausgefressen?", fragt er neugierig nach.

„Ach Weißt du, wir haben ein krummes Ding gedreht und einen Freund von mir und mich haben sie erwischt. War nicht das erste Mal, deshalb hatte ich keine Chance. Außerdem dachten die, dass ich hier zum Militär muss und schoben mich ab", erklärt Hans Ahmet offen und ohne große Schuldzuweisung an die Ausländerbehörde.

„Wie lange ist das denn her?", erkundigt sich Karl und will nicht weiter nachfragen.

"Ungefähr fünf Jahre glaub' ich. Ich war dann hier beim Militär. War auch Scheiße, wir mussten gegen die PKK kämpfen, Weißt du. Ein Kumpel von mir ist dabei abgekratzt. Ich hasse alle Kurden, ich schwör's dir... Ja, danach bin ich hier gelandet. Jetzt bin ich drei Jahre in diesem Kaff", berichtet er.

„Hast du dich mal erkundigt, ob die Sache von damals verjährt ist? Vielleicht kannst du wieder nach Deutschland. Zumindest auf Besuch?", schlägt Karl dem Lederverkäufer vor.

„Ich weiß nicht. Ich brauch erst mal ein ordentliches Arbeitsverhältnis. Ich meine, mit Steuer und Versicherung und so, verstehst du. Die meisten hier arbeiten schwarz, wie ich. Das deutsche Konsulat will aber die Papiere sehen. Das geht nicht so einfach, Weißt du. Mal sehen, vielleicht finde ich ja einen guten Job und dann frag' ich mal nach, wegen der Verjährung und so", klärt er den erstaunten Karl auf.

„Vom Knackie (Einbrecher) auf Sankt Pauli zum vorbestraften Schwarzarbeiter in der Türkei. Was für eine Karriere", denkt Karl.

Er klopft Hans Ahmet auf die Schulter und verabschiedet sich lachend mit den Worten: „Wird schon werden, mein Lieber. Alle großen Ganoven haben so wie du angefangen. Du machst schon deinen Weg, da bin ich sicher."

Karl setzt seinen Weg in Richtung Strand fort und denkt über das aufschlussreiche Gespräch nach. Viele junge Türken im Touristengebiet sehen hier ihre Chance, weil sie perfekt Deutsch sprechen. Die meisten besitzen auch gute Englischkenntnisse und sind so begehrte Verkäufer. Nicht wenige von ihnen teilen ein ähnliches Schicksal wie Hans Ahmet. Abgeschoben und kein Bock auf triste Städte im Landesinneren oder gar in dem Dorf, aus dem sie ursprünglich kamen. Hier fühlen sie sich nicht mehr wohl und Zuhause. Auch könnten sie nur unter schwierigen Bedingungen reintegriert werden. Nur wenige von ihnen schaffen es, in die alte Welt zurück zukehren. Die meisten kommen mit den für sie rückständigen und tristen Verhältnissen nicht mehr zurecht. Sie wollen den Puls der modernen Zeit spüren, die neueste Musik hören und sich vergnügen. Manchmal gelingt ihnen auch ein neues Leben mit einer erfolgreichen Geschäftsgründung. Viele von ihnen straucheln jedoch nach kurzer Zeit. Nur wer in Deutschland was geleistet hat, kann auch hier bestehen. Ausdauer, Sparsamkeit und Weitsicht ist nicht unbedingt ihre Stärke. Sie verdingen sich in der Regel als Verkäufer, haben oft mehrere Freundinnen, die abwechselnd nach Terminabsprache zu Besuch kommen und lassen sich von ihnen verwöhnen. Sie sind meist mit ihrem Los zufrieden, wenn da nicht, was in der Regel der Fall ist, die Frau mit den Kindern im weit entfernten türkischen Dorf wäre. Aber auch das bekümmert sie oft wenig. Sie versorgen die Familie gut und hoffen. dass dies reichen wird. Eine Alternative gibt es aus ihrer Sicht nicht.

Karl hat die letzte Nacht unruhig geschlafen. Das Juweliergeschäft war am Abend immer noch geschlossen. Sein Freund Para (Geld) ist bereits da und sie wollen zur Gendarmerie, in den Ort, wo sich auch sein neues

Zuhause befindet. Dort angekommen, empfängt ihn der Kommandant wie einen alten Bekannten und lässt über den Freund übersetzen. Ein unbekannter Mann habe sich in der Gegend nach ihm erkundigt und stelle viele unangenehme Fragen. Ob er was davon wisse, erkundigen sich die beiden bei ihm.

„Keine Ahnung, was will der Kerl denn hier und schnüffelt überall rum?", fragt Karl erschrocken.

„Das wollen wir ja auch wissen. Vielleicht kommt der von der Versicherung und stellt Nachforschungen an," überlegt der Freund und redet mit dem Kommandanten.

„O.K. Karl, es wird am besten sein, wenn wir uns den Burschen genauer ansehen und sagen dir dann Bescheid. Wir drei treffen uns in Zukunft nicht mehr. Nur noch per Telefon, bis Gras über die Sache gewachsen ist, einverstanden?", fragt er nach.

„O.K. einverstanden und nehmt die Ratte in die Mangel. Ich will unbedingt wissen, was der Scheißkerl hier macht. Wenn das stimmt, was du vermutest, dann müssen wir uns ernsthaft den Kopf machen", erzürnt sich Karl mit roter Gesichtsfarbe, den Blick auf den Kommandanten gerichtet.

Sie reden noch eine Weile weiter und verabschieden sich.

Karl will sein neues Haus besuchen und kommt während der Fahrt dorthin aus dem Grübeln nicht heraus.

„Eine schöne Scheiße", denkt er und hört, wie sein Freund Para ihn um etwas Geld für die unangenehme Lage bittet.

„Auch der Kommandant hat Aufwendungen und Auslagen, die er gern erstattet haben möchte. Schließlich hat er damals den Unfallhergang unter Zeugenvernehmung protokolliert und steckt somit in der ganzen Sache mit drin. Genauso wie ich auch, als ich den

Arzt wegen des Totenscheines gebeten habe", begründet Para sein Anliegen.

"Was soll die Scheiße denn kosten, ich bin fast Pleite und ihr wollt mich jetzt ausquetschen", schnauft Karl den Freund hitzig an.

„Wir meinen, dass dreißig große Scheine genug sind, damit der Kerl einsieht, dass er in der Türkei nichts machen kann", erwidert Para ruhig und gelassen.

„Mach dir keine großen Gedanken, den Heini werden wir schon los, aber zahlen musst du schon, sonst wird das nichts", fährt er weiter fort und mustert aufmerksam die Reaktion seines Gegenüber.

„Dreißigtausend sind zuviel, ich muss mir das genau überlegen und sag dir Bescheid", entgegnet er barsch seinem Verbündeten.

Ein großer Möbelwagen versperrt die Einfahrt zum künftigen Heim. Weit und breit nichts von dem verhasstem Butler, dem Hund oder der ehemaligen Hausherrin zu sehen. Enttäuscht kehrt er nach kurzer Besichtigung nach Avsallar zurück. Erstaunt und mit weit aufgerissenen Augen bemerkt er sofort, dass Haschürt immer noch nicht das Geschäft geöffnet hat. Ungute Gedanken und üble im Ort kursierende Geschichten wecken schreckliche Vermutungen in ihm: Ein lange im Ort lebender Deutscher hatte es ihm gegenüber mit „alte Oma ticken" bezeichnet.

Er erinnert sich der Geschichte von dem „Taxiunternehmen": Eine deutsche Touristin in Begleitung ihrer Mutter hatte sich in einen türkischen jungen Mann verliebt. Sie haben gemeinsam eine Wohnung gemietet und der nette Türke hatte eine tolle Geschäftsidee: Ein florierendes Taxiunternehmen. Sie finanzierte also zunächst das Auto und wurde so stolzer Besitzer des Zweitschlüssels, den sie überall stolz zeigte. Da man ja jetzt Unternehmer sei, müsse eine größere

Wohnung her, erklärte er seiner Geliebten und verlangte somit die ganze Jahresmiete im voraus. Dies sei hier so üblich, sonst bekämen sie die Wohnung nicht. Die Ahnungslose leistete auch diese weitere Investition in eine prächtige Zukunft. Sie schwärmte von ihrem Angebetetem in den höchsten Tönen bis sich plötzlich herausstellte, dass dieser sich aus dem Staub gemacht hatte. Geschäftsverlagerung mit unbekannter Adresse oder: Freund und Liebe weg, Auto und Mietanzahlung weg. Ein teurer Ersatzschlüssel. Die erboste Mutter buchte sofort die gemeinsame Rückreise.

Eine andere Geschichte: Eine ältere deutsche Dame hatte sich in einen eher schwul wirkenden, etwas betagten, aber dennoch agilen und trinkfesten Verkäufer verliebt. Er war jedoch immerhin noch gut fünfundzwanzig Jahre jünger als sie. Sie löste in Deutschland ihre Wohnung auf, verkaufte die meisten ihrer Antiquitäten und zog freudig zu ihm in die Türkei. Die Geschäftsidee: Ein Juweliergeschäft. Sie gab ihm das nötige Startkapital. Die Ladenmiete für ein Jahr, sowie die Waren verschlangen angeblich das ganze Bare. Eigentlich sollte sie im Geschäft mitarbeiten, was aber von ihm unerwünscht war. Sie ließ sich daher im Ort überall sehen und jeder kannte sie bald. Kaufen konnte sie sich wenig, weil das ganze Geld im Geschäft gebunden war. Die tolle Idee entpuppte sich als Flop. Zum einen gab es im Ort bereits an die 70 Juweliere, zum anderen war er nicht vom Fach und auch die Lage in einer Seitenstraße versprach wenig Erfolg. Eines Tages lief sie mit Halskrause durch den Ort und erzählte, dass sie angeblich beim Fensterputzen aus dem zweiten Stock gefallen sei. Eine Genesung des Geschäfts war nicht in Aussicht und es wurde aufgelöst. Die arme Frau zumindest genas von ihren körperlichen Blessuren und verschwand ohne große Verabschiedung von der Bildfläche und aus dem Ort.

Karl sitzt zu Hause und rechnet sein letzte bares Geld zusammen: fünfzigtausend und nach Abzug des Betrags für den Kommandanten bleiben ihm also dreißigtausend übrig. Mehr als zwanzigtausend wollte er auf keinen Fall zahlen. Eine Million ist geschrumpft auf den kleinen Rest von jämmerlichen dreißigtausend.

„Haschürt hat sich aus dem Staub gemacht", denkt er.

„Ich muss mich wohl mit dem Gedanken anfreunden. Wenn der Wichser morgen noch geschlossen hat, dann ist die Kohle flöten. Gott verdammte Scheiße. Diese Dreckskerle haben mal wieder zugeschlagen und ich bin das dumme Arschloch. Alle Welt wird sich über mich kaputt lachen. Man, das ist ein Hammer. Ein dickes Ding. Und dieser Schnüffler an meinem Arsch. Es ist zum Kotzen. Ja, hab' ich denn die Seuche oder was ist los?", geht es durch seinen Kopf.

Er schaltet auf einen über Satelitenschüssel empfangbaren Erotikkanal und will sich ablenken vom Übel, das ihm widerfahren ist. Die kaum bekleideten Damen aller Herren Länder, die angeblich telefonisch erreichbar sind, lassen ihn in andere Sphären gleiten und erinnern nicht mehr an den Verlust, die Schmach und die Verfolgung. Für kurze Zeit taucht er ein in fast greifbare, erregende Bildfolgen, die seinen Kummer vergessen lassen. Die Modells locken und machen an. Sie suggerieren die Erfüllung aller Wünsche. Schöne Mädchen mit perfekten Körpern lächeln ihn an und versprechen den sexuellen Traum mit erlesenen Schönheiten. Die Traumfrauen wechseln und gedanklich hat er es mit jeder gemacht. Langsam steigen lange nicht mehr gekannte Lustgefühle in ihm auf.

Jeden Abend vor dem Schlafengehen schaut er sich das Fleisch an, seit dem die wunderbare Technik installiert wurde und Gisela nicht mehr da ist. Der Techniker, der Freund Bakmak (Schauen) hat ihn einmal besucht und die

Sexkanäle eingestellt. Total verwundert, das so etwas noch nicht programmiert ist, hat er Karls Gerät erstmal auf den neusten Stand getrimmt. Kopfschüttelnd hat er sich von Karl verabschiedet und sich über den komischen Deutschen gewundert, der nicht die heißesten Kanäle kennt.

„Kein Wunder, dass ihm die Frau weggelaufen ist", hat er immer noch ungläubig gedacht, als Karl ihm die Hand zum Abschied gereicht hat.

Gisela hat tapfer den Abend ausgehalten und sich mit Marion unterhalten.

„Weißt du, Marion, ich war so fertig. Ich wollte mir sogar das Leben nehmen. Ich wusste nicht mehr was ich machen und wohin ich gehen sollte. Alles war so hoffnungslos und die Tränen wollten nicht aufhören. Ich habe ihn geliebt. Ein neues Leben wollten wir führen und ... ",
schluchzt sie und ringt erneut mit den Tränen.

Marion nimmt sie in die Arme und tröstet sie: „Vergiss den Kerl, der ist es nicht wert. Du ruhst dich bei uns aus und Marion wird sich um dich kümmern. Mach dir keine Sorgen. Ich krieg' dich schon wieder hin."

Marion war in Deutschland Krankenschwester und kann anderen wunderbar helfen. Nur ihr eigenes Leben bekommt sie nicht so richtig in den Griff. Wie eine dicke italienische Mama kümmert und sorgt sie sich um die arme Seele, als wäre es die eigene Tochter. Die leibliche hat sie jedoch bei den Eltern zurückgelassen und ist allein in dieses Land gegangen. Von ihrem Mann, der am

Anfang mit ihr hier Urlaub machte, hat sie sich scheiden lassen.

„Hier ist alles besser, sagt sie. „Nach Deutschland zurück? Auf gar keinen Fall. Da ist doch alles Scheiße," erzählt sie. Keine fünf Minuten sind vergangen, dann schimpft sie aber auch auf die Türkei, auf die Männer hier und auf das, was sie gerade ärgert.

Grotesk wird es, wenn sie sich über die ihrer Meinung nach „ewig nörgelnden und ständig meckernden Deutschen" beschwert: „Die haben doch an allem etwas auszusetzen."

Am nächsten Tag geht es Gisela bereits viel besser. Am Kleopatrastrand geht sie zusammen mit Marion schwimmen. Der herrliche Sandstrand wurde nach der ägyptischen Herrscherin Cleopatra benannt. Die hoch oben gelegene Burg wurde ihr von ihrem Verehrer, dem römischen Kaiser Julius Cäsar, zum Geschenk gemacht, so erzählt man. Unmittelbar am Fuß des felsigen Berges, mit mächtigen Schutzmauerringen versehen, liegt der feine weiße Strand zu beiden Seiten. Das Naturereignis pur kann man am besten von der Burg aus empfinden und bestaunen. Noch besser geht's im Winter an einem strahlend blauen Tag, mit phantastischer Sicht und ohne Touristen. Auf der anderen Seite der Stadt, die in einem Tal gelegen ist, sieht man die hochaufragenden, schneebedeckten Berge. Man muss sich kneifen, um sich zu vergewissern, dass es kein Naturfilm ist, der im beheizten Wohnzimmer im nasskalten deutschen Winter im Fernsehen läuft. Wer einmal hier ist, sollte sich diese Sehenswürdigkeit nicht entgehen lassen. Auch ein Abend am Burgberg in einem der vielen romantischen Gartenrestaurants hinterlässt nicht zu vergessende Eindrücke: Der Blick schweift auf das unten gelegene bunte Lichtermeer, das sich meilenweit links und rechts fortsetzt, im Talkessel ausbreitet und sich den halbkreisförmig gegenüberliegenden Bergzug hochzieht. Man glaubt im Aussichtsturm zusein und schaut auf ein mit vielen Lichtpunkten übersätes, strahlendes, überdimensionales Amphitheater.

Gisela war schwimmen und legt sich neben Marion, die im Schatten sitzt. Die Sonne ist so kräftig, dass man ohne Schuhe im heißen Sand gar nicht laufen kann. Die Wassertemperaturen sind um die dreißig Grad und eine Erfrischung ist nur noch unter der kühlen Dusche möglich.

„Ach Marion, ich bin ja so froh, dass ich dich habe, " bedankt sie sich und ergreift ihre Hand.

„Noch vor einigen Tage ging es mir hundeelend. Langsam erhole ich mich von dem K.O.- Schlag, den Ali mir versetzt hat. Dennoch habe ich letzte Nacht wieder geweint. Es ist so schwer, alles ist noch so frisch und ich kann das Ganze immer noch nicht so richtig begreifen. Wann hört er endlich auf, dieser stechende Schmerz in der Brust. Wann werd' ich die Alpträume los?", fragt sie verzagt die Freundin.

„Weißt du meine Liebe, nur die Zeit kann heilen. Vergessen wirst du es nie, aber der Schmerz wird vergehen. Es wird eine Weile dauern. Ich weiß genau wie das ist, als der Scheißkerl mich damals verlassen hat. Was hab' ich wegen dem Kerl geheult. Und heute? Alles vorbei. Ich habe Içmek kennengelernt und von da an ging's wieder bergauf mit mir. Erinnerst du dich? Damals habe ich ungefähr fünfzehn Kilo abgenommen. Jetzt habe ich wieder gut fünf zugelegt und fühle mich ganz wohl. Wenn Içmek nur nicht so viel saufen würde, wäre eigentlich alles gut. Aber so ist das im Leben, alles kann man wohl nie haben. Ach übrigens, ich habe gehört, Karl hat ein Haus in Yesil Köy gekauft. Hab' ich von Peter gehört. Du Weißt doch, der Deutsche, der uns immer das Schweinefleisch verkauft. Karl war vor paar Tagen bei ihm und hat es ihm gesagt. Denkst du ab und zu an Karl, Gisela?", fragt sie vorsichtig an.

„Marion, ich hab den Kopf so voll, dass ich gar nicht weiß, was ich denken soll. Ja, einmal, auf der Fahrt hierher, habe ich an ihn gedacht, ob er mir wohl helfen würde. Ich dachte, dass er mich nur auslachen und dann wegschicken würde. Ich hätte ehrlich gesagt auch nicht den Mut dazu, ihm unter die Augen zu treten. Er würde mich nur fertig machen und demütigen. Ich denke, es ist sinnlos, darüber nachzudenken."

Sie senkt den Kopf und hält sich die Hände vor das Gesicht.

„Würdest du denn zu ihm zurück gehen? Ich meine, falls er sich damit einverstanden erklären würde?", lässt Marion nicht locker und dringt weiter in sie ein.

„Im Moment habe ich andere Sorgen. Ich weiß es nicht. Ich weiß nur, dass ich diesen Schmerz, der mich umzubringen droht, dieses Würgen im Hals, das mich ersticken will, loswerden möchte. Ich bin froh, dass ich das Wenige, was ich esse, bei mir behalte. Am Anfang, auch gestern noch, habe ich wieder gespuckt. Heuet scheint es besser zu sein. Dank eurer lieben Hilfe. Danke, liebe Marion, ich bin so froh, dass ich euch habe. Vielen Dank", seufzt sie und Tränen rinnen erneut aus schier unendlicher Quelle des Kummer und Schmerzes hervor.

Aber zum erstenmal weint sie auch aus Dankbarkeit über die Hilfe, die ihr das Leben wieder geschenkt hat.

„Es ist ein gutes und warmes Gefühl der Geborgenheit, wenn man Freude hat," denkt sie und Erinnerungen an die Kindheit werden wach, als ihre Mutter sie in die Arme nahm und tröstete.

Ihr Vater hat sie geschlagen, als sie von zu Hause weglief. Sie hatte sich hinter dem Postkasten versteckt. Es war finstere Nacht und ihre Schwester und ihr Bruder suchten sie. Sie riefen immerzu ihren Namen, aber sie wollte nicht aus ihrem Versteck hervorkommen. Als der ältere Bruder sie endlich entdeckte, wehrte sie sich verzweifelt. Trotz und Tränen standen in ihren Augen. Es half jedoch nichts und so wurde sie vor den strengen Vater gebracht, der sie anschrie und ihr den Hintern versohlte.

„Mami, Mami", rief sie laut um Hilfe und gelang endlich in die ausgestreckten, offenen Arme der Mutter, die froh war, dass dem armen Kind nichts geschehen war, und dass sie ihre Tochter wieder hatte.

Die Mutter hatte Tränen in den Augen und von Groll oder Wut war keine Spur zu erkennen. Nur erlösende Freude und Traurigkeit waren da, Mitleid, Güte, Mutterliebe und Vergebung spürte sie, die sie suchte und diese unendliche, wohltuende Wärme. Jetzt bekam sie das, was sie eigentlich wollte, warum sie im Grunde weggelaufen war: Aufmerksamkeit und Liebe. Sie fühlte sich vernachlässigt und allein gelassen. Die Liebe ihrer Eltern galt der jüngeren Tochter, auf die sich alle konzentrierten und die alles verschlang, so dass für sie nichts mehr übrig blieb. Darum ist sie damals vor langer Zeit von zu Hause weggelaufen.

Die Rettung

Ein Auto hält, stoppt den verwunderten Mann auf einem kleinen Feldweg, der zum Meer führt.

„Was machen sie hier?", fragt der stämmige, kräftige Türke den erstaunten Herrn.

„Ich weiß nicht, wer sie sind und was sie von mir wollen?", antwortet der Mann in Shorts und Badelatschen.

„Nun, sie schnüffeln hier rum und stellen Fragen nach unserem Freund. Wir möchten, dass sie damit aufhören und nach Hause fahren. Haben sie das verstanden?", droht er dem kleinen, aber kräftigen Deutschen.

„Warum sollte ich nach Hause fahren? Mein Urlaub hat doch gerade angefangen. Ihr spinnt wohl ein wenig. Ich bin Tourist und mache hier Urlaub", erwidert er und beobachtet aufmerksam sein Gegenüber.

„Nun, da sie nicht auf unseren Rat hören wollen, werden wir ihnen zwei Mann als Begleitschutz stellen. Diese Herren", er zeigt auf die beiden brutal aussehenden Schlägertypen, „werden ihnen behilflich sein, den Flughafen zu finden. Falls sie diesen netten Herren nicht gehorchen, können die sehr ungemütlich werden, mein Herr. Verstanden?", droht er dem Touristen, der eigentlich auf ein erfrischendes Bad eingestimmt ist.

„Das ist Amtsanmaßung und gegen das Gesetz, was sie mir soeben sagten. Ich werde mich bei der Polizei beschweren und sie anzeigen." versucht er den Spieß umzudrehen.

„Sie wissen nicht gut über uns Bescheid. Wenn wir sagen, dass sie das Land verlassen, so können sie sicher sein, dass wir auch die Mittel dazu haben, guter Mann. Sie sind hier nicht erwünscht und werden noch heute das Land verlassen. Wir werden sie jetzt in ihr Hotel begleiten und sie danach ins nächste Flugzeug setzen. Ihre Maschine geht heute um achtzehn Uhr nach Frankfurt", erklärt er und gibt ein Zeichen an seine Begleiter.

Sie gehen auf den Mann zu und fordern ihn auf, ins Auto einzusteigen. Nach kurzem Zögern gibt er sich der Übermacht geschlagen und steigt ein.

Im Hotel angekommen, stehen seine Koffer schon bereit, die Rechnung ist bezahlt und er hat nicht einmal die Möglichkeit, sich umzuziehen. Alles war bereits geplant und arrangiert.

„Darf ich in Deutschland anrufen, damit man weiß, dass ich komme?", fragt er den sehr gut Deutsch sprechenden Türken.

„Nein, das ist leider nicht möglich. Schlagen sie sich das aus dem Kopf. Kein Telefonat und keine Faxen, o.k.?"

Der Deutsche nickt daraufhin nur und lehnt sich mit einem Seufzer zurück.

Der angebliche Tourist ist in Wirklichkeit Privatdetektiv und von der Versicherungsgesellschaft beauftragt worden, Nachforschung über Karls Todesfall anzustellen. Er versteht, dass er es hier mit Profis zu tun hat, die ihre Arbeit genau kennen. Ein Ausweg erscheint im Moment unmöglich. Sie haben ihn in der Gewalt und eigentlich ist seine Mission zu Ende. Jetzt weiß er bestimmt, dass er in ein Wespennest gestochen hat. Karl ist sein Mann, den er ausfindig machen sollte. Es sollte bewiesen werden, dass Karl einen Lebensversicherungsbetrug begangen hat. Die Versicherung wird eine Anzeige und Verurteilung in Abwesenheit erwirken. Er hofft, seine Beweise, Fotos, Aussagen der Leute, die er heimlich auf Tonband aufgenommen hat, werden ausreichen. Falls er nach Deutschland einreisen sollte, würden ihn die Grenzschutzbeamten auf der Fahndungsliste finden.

„Irgendwann wird er wiederkommen, das Heimweh wird zu groß. Auf was für einfältige Ideen die Leute nicht alles kommen", denkt er."

„Sie lügen und betrügen, sie verstümmeln sich sogar, um in den Genuss der Unfallversicherung zu kommen."

Dies sind für ihn berufliche Alltagsgeschichten geworden, wenn es um Versicherungsaufträge geht.

Seit vielen Jahren macht er schon den Job als Privatdetektiv. Es ernährt seinen Mann. Meistens hat er langweilige Eheprobleme zu erledigen. Überwiegend sind das Schnüffeleien in anderer Leute Privatleben. Eine misstrauische Ehefrau will z. B. Gewissheit über das andere Liebesleben des Gatten haben. Seltener ist der umgekehrte Fall. Er hat dadurch sehr viel Menschenkenntnis erworben. Um seine Arbeit aufzulockern und interessanter zu gestalten, beleuchtet er auch die psychologischen und allgemein gesellschaftlichen Aspekte seiner Fälle. Dies ist ihm zum Hobby und zur Marotte geworden. Sicherlich amateurhaft, aber das stört ihn nicht. Er denkt gern über diese Themen nach und lernt am meisten aus der Unterhaltung mit gebildeten Gesprächspartnern. Auch liest er das eine oder andere Buch in dieser Richtung. Es macht ihm einfach Spaß, sich eine Meinung zu bilden, die versucht tiefer zu gehen. Nicht immer liegt er richtig, oft muss er seine Meinung revidieren. Geprägt wurden seine politischen Ansichten durch konservative, demokratische und erst später durch marxistische Denkansätze. Neugierig hat er die Lehren des Kommunismus gehört. Gemocht hat er die überzeugten Linken nicht. Der Fanatismus hat ihn abgeschreckt, fast angewidert. Seine Kindheitserziehung war extrem religiös. Sein Deutschlehrer beim Abitur war ein demokratisch Liberaler, netter Schwuler, der an politischer Literatur sehr interessiert war. Festlegen wollte er sich eigentlich nie. Am Ende ist er überzeugter

Sozialdemokrat geworden. Diese Leute mag er, sie sind ihm sympathisch. Sein Vorbild ist Helmut Schmidt. Die Schlagfertigkeit dieses Mannes (Schmidt Schnauze genannt) und sein eher konservatives Regieren, sowie seine Persönlichkeit und das tatkräftige Durchgreifen dieses Staatsmannes hat ihm in erster Linie imponiert.

"Schade, dass solche Wirrköpfe wie Baader-Meinhof und leider auch Leute aus den eigenen Reihe ihm viel Zeit gestohlen haben. Er hätte ohne diesen zeitraubenden Ballast (Kropf) sicherlich wesentlich mehr leisten können", resümiert er häufig bedauernd im Freundeskreis.

Jetzt sitzt er eingesperrt in diesem Auto und vertreibt sich die Fahrt zum Flughafen mit allgemeinen Überlegungen zu Betrügereien am Staat. Er überlegt weiter und findet Parallelen zu den Frührentnern, die durch ärztliche Atteste und simulierte Krankheiten oder nur durch Hartnäckigkeit die vorzeitige Rente beziehen. Er lehnt sich entspannt zurück und versucht die eigentlichen Ursachen zu ergründen und fährt in seinen Gedanken fort:
„Armes Deutschland. Die Doofen sind die Ehrlichen, Redlichen, die Gehorsamen, diejenigen, die nie aufmucken und ihren Job machen. Sie zahlen, arbeiten und werden noch ausgelacht. Wo ist die Moral, wo die Gerechtigkeit, wo der folgsame Deutsche, der im negativen Sinne sogar einem Irren, einem Hitler, gefolgt ist. Ja, es gab viele Obrigkeitsgetreue und Gehorsame, sonst wäre ein wirtschaftlicher Aufschwung nicht so schnell zu haben gewesen. Sie sind heute zurückgedrängt, weggestorben, wohl nicht mehr in der Überzahl, zumindest nicht die politisch Fanatischen, die Nationalen, die dummen Schafe, die Eindimensionalen und Einäugigen, die halb Gebildeten, die Schlüsselverwalter und Gefängniswärter, die ihre Macht missbrauchen.

Eine neue Generation ist herangewachsen im Osten anders als im Westen Deutschlands. Beide scheinen aber eines gemeinsam zu haben: Wer am meisten beschei... gewinnt. Wer hat ihnen dies beigebracht? Die Zwänge im Osten, wo der Autoanhänger „Klaufix" genannt wurde? Organisieren wurde es im Krieg genannt. Waren die dort im Krieg gegen ihren Staat? Da ist der Türke doch netter, wenn er sagt: „Der Staat muss geben".

Auch der Wessi denkt so. Manche Zeitgenossen dehnen dies auch aus, indem sie etwas nachhelfen und durch Betrug nehmen, nämlich die getürkten (in unserem Sprachgebrauch ist das Vorurteil gegen die Türken durch dieses Wort manifestiert, besser sind wir aber keineswegs) Steuererklärungen, oft unverdiente Sozialhilfe und Frührente, etc.. Kurioserweise empfinden gerade diese Heuchler die Türken global als Ganoven, Betrüger und Schlitzohren. Ihre eigenen Verfehlungen sehen sie nicht und zeigen als erste mit Schaum vor dem Mund auf andere.

Ist vielleicht auch die vorangegangene Generation mit ihrer verheerenden Hitlerzeit daran Schuld: Der unbedingte, blinde Gehorsam, das nicht Nachfragen, die bereitwillige Uniformierung eines ganzen Volkes? Hat diese Zeit die damalig geltenden, positiven Eigenschaften wie Ehrlichkeit, Redlichkeit und Strebsamkeit mit untergehen, mit verdammen lassen? Sozusagen alles was damals herrschte und die Moral bestimmte und gepredigt wurde, ist nichts mehr wert? Hat die Kriegsgeneration die Lehre aus der Geschichte nicht gezogen. Haben sie es nicht geschafft, ihren Kindern erhaltenswerte, humane und moralische Grundwerte einer freien Demokratie zu vermitteln und die Unterschiede nicht aufzeigen können? Waren sie zu schwach, geschwächt durch das Erlebte und die Anschuldigungen der jüngeren Generation? Die Entschuldigung, nur Befehle ausgeführt zu haben (die gleiche Ausrede wird auch von den schuldigen Ossis benutzt), reicht nicht und zeigt nur ihre Erbärmlichkeit. Die Antwort, von der Vergasung der Juden nichts gewusst zu haben, wird von den Tätern und den Mitläufern benutzt. Wieweit kann gelogen werden? Hat man sich denn nicht gefragt, wo ihre jüdischen Nachbarn geblieben sind? Was mit ihnen geschieht? Wie kann man die Anfänge von Enteignungen und Diskriminierung tolerieren, wieviel Angst muss geherrscht haben? Wieviel Feiglinge gab es, die dann aber angeblich tapfer im Krieg gekämpft haben?

Nun, zu einem erheblichen Teil hat dies dazu beigetragen, dass die Nachkriegsgeneration es ihnen auf andere Weise nachmachte, denn das Vorbild hat geprägt. Ebenso wie ein Säufer, der seine Kinder schlägt. Er erzieht oft zum Trinken und Schlagen oder Fehlverhalten. Mädchen wachsen zu Frauen heran, die sich von ihren Männer schlagen lassen, weil das zu Hause (so) war, zumindest ist es nichts Unbekanntes, Fremdes oder Anormales.

Die anderen schwarzen Schafe unter den Vornehmen und Gebildeten, unter den Steuerberatern und Winkeladvokaten, die Bosse, die ihre Gelder im Ausland anlegen, weil sie nie genug bekommen können, die Wirtschaftskriminellen, die korrupten Beamten und anrüchigen Politiker, etc., die anderen Feinen im Nadelstreifen oder weißem Kittel, die nicht schlagen aber vornehm bescheißen. Sind sie besser? Sind sie das gute Beispiel, oft heimlich, bewunderte Vorbild? Wohl kaum, nur machen sie es mit mehr Bildung und Raffinesse. Das Ausmaß des Schadens ist volkswirtschaftlich erheblich.

Warum hört man fast nie: „Wenn ich gut verdiene, zahle ich gern meine Steuern oder meine Einzahlungen in die Rentenversicherung, sichern die Rente der älteren Menschen."

Dies sind unsere Eltern, die für uns gesorgt haben! Wir alle sind Kinder. Anstatt unser System zu verteidigen und zu verbessern, wird es schlecht gemacht und beschissen, wo es nur geht. Was sollen unsere Kinder von so einem Vorbild lernen?

Je mehr Sozialstaat, um so mehr wird er ausgenutzt und ausgetrickst, der Ehrliche bekommt die gerechte Leistung selten. Gesundes Augenmaß und Realitätssinn sind bei der Sozialgesetzgebung angebracht und kann von Karrierepolitikern nicht geleistet werden. Der Mensch ist offensichtlich nicht besser, klüger und sozialer geworden. Im Kommunismus, der nur real als totalitärer Staatskommunismus existierte und dazu verkam, wurde der Betrug am Staat täglich erlebt. Der Egoismus, der dem Selbsterhaltungstrieb entspringt und uns nicht vom Tier unterscheidet, untergräbt und killt ausufernde Sozialgesetzgebung und hemmt die Weiterentwicklung der zivilen und humanen Gesellschaft. Der Betrug am Sozialstaat zeigt den Entwicklungsstand unserer sozialen Gesinnung, unser soziales Bewusstsein und entblößt unseren Egoismus in einer zunehmend menschlich kälter werdenden Welt der Vereinsamung. Entwickelt sich, verkümmert die angeblich zivilisierte Welt zum Einzellebewesen, zum Einzelkämpfer? Die erschreckend vielen Singles weisen den Trend, in Sekten wird das Heil gesucht. Der Mensch ist ein Sozialwesen, der sich in solchen Realitäten nicht zurecht findet.

Der Kommunismus als erlösende, heilbringende Gesellschaftsform hat den realen Menschen unterschätzt. Ein Experiment ist gescheitert. Die Antworten sind erschütternd und zeigen den Stand des wahren Menschen in seiner Gesamtheit und Entwicklung. Sozialstaaten fahren ihren weiteren Ausbau zurück, wirtschaftliche Zwänge erfordern dies. Das Pendel weist in Richtung Kapitalismus zurück. Schuld daran haben wir alle durch unsere täglichen kleinen und großen Betrügereien. Wir haben es nicht besser verdient oder können es bis heute nicht besser. Religionen, die Antworten schuldig bleiben und unsere Moral geprägt haben, will kaum noch jemand hören. Als Staatsform haben sie längst versagt, ähnlich wie der Kommunismus. Auch hier ist Doppelmoral in zunehmendem Masse zu erkennen. Egoismus leben heißt die neue Devise. Wirtschaftlich werden wir erfolgreicher, menschlich ärmer. Dies scheint der Preis zu sein. Eine positive, humanere und sozialere Entwicklung der Menschheit seit ihres Bestehens, scheint nicht in Sicht zu sein. Liberale Demokratie mit am wahren Menschen orientierter, kontrollierter Sozialfürsorge, mit starker aber fairer Strafverfolgung scheint der Kompromiss zu sein.

„Hallo, aufwachen, wir sind am Flughafen", wird der Privatdetektiv aus seinen Gedanken gerissen.
„Bitte machen sie uns keinen Ärger. Glauben sie uns, wir haben den längeren Arm", erklärt der Anführer.
„O.k., sie haben gewonnen. Ich gebe mich geschlagen", erwidert er knapp.
Ein ehrliches Lächeln huscht über das Gesicht des Türken. Beide nicken sich freundlich zu und eine gewisse Sympathie und Anerkennung auf beiden Seiten ist im flüchtigem Blick zu erkennen.
„Was soll's, meine Frau wird sich freuen, dass ich schon so früh zurück bin", denkt er und lässt sich von seinen Begleitern zur Toilette führen, wo er sich unter Aufsicht umziehen kann.
In der VIP- Lounge wartet er bis kurz vor dem Abflug. Wie bei einem Diplomaten oder prominenten Gast des Landes werden Pass- und Zollkontrolle passiert. Sogar bis auf seinen Sitzplatz im Flugzeug wird er begleitet. Die Bodyguards warten auf dem Rollfeld. „Alles Gute und

Happy Landing", verabschiedet sich der menschlich gewordene Begleiter.

„Danke und auf wiedersehen", erwidert er und grinst ihn dabei an.

„Ich hoffe nicht, also dann, machen sie es gut und danke für ihre Kooperation", lacht der Türke und verschwindet aus der Maschine.

Karl ist deprimiert und am Ende seiner Nerven, als es an der Haustür klingelt. Er öffnet und findet einen kleinen Jungen mit einem Brief in der Hand vor.

„Na, du kleiner Scheißer, wer hat dich denn geschickt? Hier nimm", lächelt er und drückt dem Kleinen etwas Trinkgeld in die Hand.

Er öffnet den Brief und liest: „Lieber Karl." Er schaut auf den Absender und entdeckt mit Erstaunen: „Deine Gisela."

„Die fehlt mir gerade noch", denkt er und ist allerdings neugierig, was sich hinter dem „Deine" verbirgt, also liest er weiter:

„Wo soll ich anfangen? Was kann ich zu meiner Entschuldigung sagen? Ich habe dich sehr verletzt. Es tut mir unendlich leid. Ich habe mich wie ein törichter Teenager benommen. Die Liebe zu Ali hat mir den Kopf verdreht. Es ist aus. Ich wohne bei Marion in Alanya und fühle mich sehr schlecht. Diese Zeilen können nichts gut machen. Ich möchte mich bei dir entschuldigen. Du hast immer für mich gesorgt und ich war dir eine treulose Ehefrau. Nie hätte ich gedacht, dass ich zu so etwas fähig wäre. Heute kann ich es nicht begreifen, was ich gemacht habe. Ich war wie hypnotisiert und irgendwie nicht Herr meiner Gefühle und Gedanken. Der Typ hat mich um den

Verstand gebracht und du musstest darunter leiden. Ich weiß, du kannst mir nicht verzeihen, aber bitte glaube mir, alles tut mir aufrichtig leid. Bitte nimm meine Entschuldigung entgegen. Ich möchte, dass du weißt, wie ich heute über alles denke. Ich hoffe, dir geht es gut und pass auf dich auf.

Deine Gisela."

„Blöde Kuh", denkt er.

„Hypnotisiert, pah, dass ich nicht lache. Geil warst du, sonst gar nichts. Wieso Gefühle und Gedanken? Seit wann kann die denken. Hat man ja gesehen, als sie damit angefangen hat und was dann dabei heraus gekommen ist. Bei der ist doch das Gehirn zwischen die Beine geraten und war im Wege. Wie blöde kann eine Frau eigentlich noch sein? Hat die wirklich geglaubt, dass der junge Kerl auf so eine verschrumpelte Alte Bock hat? Abgewichst ist der, geil auf Kohle, aber bestimmt nicht auf sie.

Schlecht geht's dir. So, so. Ich hoffe, du hast nur geheult und gekotzt, als der Arsch dir den Tritt gegeben hat. Geschieht dir recht. Verzeihen? Was soll ich verzeihen, dass du mit dem Sack gebumst hast? Nein, verzeihen geht nicht.

Ist doch alles Mist, was will die eigentlich? Sich entschuldigen? Wofür, dass die mich zum Narren gemacht hat? Zum Gespött der Leute? Die lachen sich doch alle tot über mich. Hinter meinem Rücken tuscheln sie. Sogar die Kinder zeigen mit Fingern auf mich. Mann! Oh Mann, mir ist übel", denkt er und legt sich auf das Sofa, um sich zu beruhigen und auszuruhen.

Jedoch die Gedanken kreisen, wollen nicht zur Ruhe kommen. Äußerlich kann er sich verstellen, den Gelassenen und Humorvollen spielen. Keiner sieht, was in ihm vorgeht. Im Inneren ist die Hölle los, liegen die Drähte blank. Man ignoriert oft das naheliegende und misst ihm keine oder nur geringe Bedeutung zu. In

Wirklichkeit sind die belastenden Dinge oft die offensichtlichen, nämlich die, die man verdrängt. So ist es auch bei Karl. Der „Gisela- Konflikt" wird heruntergespielt und ins lächerliche, unwichtige gebracht. Jedoch schlägt die Realität dann um so brutaler mit Verzögerung zu.

Karl denkt, konfrontiert mit seinem eigenen Schicksal, über die Situation, in der er sich befindet, nach: „Eigentlich bist du ein Narr", überlegt er selbstkritisch. „Was ich bisher gemacht habe ist eine einzige Katastrophe. Das Juweliergeschäft ist durch meine eigene Gier und Kopflosigkeit im Eimer. Klar, der Typ ist ein Arschloch, aber auch ich habe dem Ganoven das Spiel leicht gemacht. Auch ich habe durch meine bescheuerte Art, ihm ja das Geld förmlich aufgedrängt. Was für ein Idiot war ich bloß? Wo war der normale Menschenverstand? Der normale Karl? Ausgehakt hat es bei mir. Dämlich wie Gisela war ich. Ja, genau so bekloppt. Nicht ein Gramm mehr Hirn in der Birne. Was ist das nur hier in diesem scheiß Land? Oder ist es die Urlaubslaune, dieses Gefühl, das alles geglaubt wird, was einem erzählt wird? Wie kann ich so vernagelt gewesen sein? Vernagelt, ja genagelt hat er sie. Man, die war doch genau so blöd wie ich. Scheiße, eigentlich tut sie mir jetzt leid. Die hat doch den gleichen Reinfall erlebt wie ich. Mann, ist das alles Pisse. Nur auf eine andere Art, aber im Grunde, der gleiche Mist. Vertraut haben wir beiden den Lügen. Verarscht sind wir. Auf die total blöde Art haben die Schweine uns abgezockt. Ja, die sind die Schweine und wir sind die Vollidioten. Recht geschieht uns. Wir haben es eigentlich auch nicht besser verdient. Wer so blöd ist, dem geschieht es recht . Oh Mann, was wird? So langsam verstehe ich Gisela. Was mach ich jetzt?", zermartert er seinen Kopf und erkennt zum ersten Mal Parallelen zu Giselas Schicksal.

Er blickt zurück und denkt an die ersten Tage, als sie sich kennenlernten. Er erinnert sich der schönen Zeiten mit Gisela. Damals war alles noch in Ordnung. Mit den Jahren erlosch das Interesse am anderen. Ihre schwierigste Zeit war sein Alkoholproblem. Immer gab es Krach und eine Lösung war nicht in Sicht. Die Seiten verhärteten sich. Auf der einen Seite stand überwiegend Trotzreaktion und „jetzt erst Recht" Gebaren. Den ausgestreckten Mittelfinger im Sinn, unter dem Motto: Heute besaufe ich mich erst recht, um sie zu ärgern.

Gisela versuchte es mit Reden, mit Mitleid, mit Hilfe von Außen und zuletzt, nachdem alles erfolglos schien, blieben, wie so oft, nur noch die verletzenden Vorwürfe.

Als Karl jedoch anfing, über sich selbst nachzudenken, begannen die Dinge in Fluss zu kommen. Zu dem Zeitpunkt hatte er sich von Gisela weit entfernt. Er konzentrierte sich auf sich selbst. Er merkte, dass er sich nur selbst schadete und sich ändern musste. Der entscheidende Schritt war getan. Von nun an ging es bei Karl schlagartig bergauf. Aus eigener Kraft hörte er von einem Tag auf den anderen auf zu trinken. Sein starker Wille und seine ehrliche Selbstbetrachtung halfen dabei in erster Linie. Jetzt war auch Gisela wieder bereit, etwas zu geben und ihn mit Nettigkeiten und Leckereien zu verwöhnen. Die Zeit danach war schön und die Überwindung des Problems verband sie stärker. Mit den Jahren kamen dann Abnutzungserscheinungen und Desinteresse auf.

Liebe war es nie sondern eine Zweckehe. Beide haben sich in dieser Beziehung auch nie etwas vorgemacht. Zu ungleich waren die Interessen und auch die Charaktere. Als dann später die große Liebe durch Ali in Giselas Leben trat, war es im Grunde leicht für sie etwas aufzugeben, was ihr nicht viel bedeutete. Außer dem

Verlust der materiellen Sicherheit war der Gewinn der erfahrenen, ersehnten Liebe größer und es wert, das Risiko einzugehen. Sie konnte nicht mehr von ihm ablassen und war im festen Glauben, dass ihre Liebe ebenso beantwortet wurde.

Karl wurde nicht gefragt, sondern wurde auf den ersten Blick feige vor vollendete Tatsachen gestellt. Seine burschikose, brutale Art und Reaktion, die von Gisela erwartet wurde, ließ jedoch den Versuch zu einer Diskussion im Keim ersticken. Angst und Erniedrigung hatte sie oft erlebt. Sie wollte dieser Schmach aus dem Wege gehen. Das tatsächliche Problem ist: Sie haben nie gelernt miteinander zu diskutieren und dabei Toleranz und Respekt walten zu lassen. Auf den zweiten Blick liegt somit auch sehr viel Schuld bei Karl.

Ausflug nach Alara Han steht heute bei Gisela auf dem Programm. Marion und ihr Freund Içmek haben sie dazu eingeladen. Die historische Stätte liegt in der Nähe von Avsallar. Sie fahren durch Avsallar und Erinnerungen werden wach.

„Mach die Augen zu und durch", sagt Marion und lächelt Gisela dabei an.

„Was uns nicht umbringt, macht uns nur noch härter, meine Liebe. Das Leben muss weiter gehen und Avsallar und Karl sind nun mal hier und du musst das jetzt schlucken", fährt sie weiter fort.

„Ich weiß, du hast recht, aber alles ist doch noch sehr frisch und ich weiß nicht, ob das eine gute Idee ist. Ich werde die Augen jedoch offen lassen und mich nicht verstecken. Außerdem fahren wir nur durch den Ort durch", erwidert Gisela in einem etwas zaghaften Ton.

„Içmek, gib' Gas, wir wollen hier schnell durch. Den Strafzettel musst du aber bezahlen, falls wir angehalten werden und dir keine Ausrede einfällt", gibt Marion ihr Kommando an den armen Içmek weiter.

„Marion, du delli (verrückt) Frau. Aber keine Problem, ich kenne alle Polisman, alles meine Freude", sagt er lächelnd und drückt aufs Gaspedal.

In irrer Geschwindigkeit geht es durch den Ort. Die Straße ist vierspurig ausgebaut und die Einheimischen stört es kaum, dass mit total überhöhter Geschwindigkeit gerast wird. Die Straße überquerende Touristen schwingen die Fäuste oder gestikulierten wild mit den Armen, springen von der Fahrbahn und retten sich an den Straßenrand oder auf dem mittleren Grünstreifen. In wilder Fahrt geht es vorbei an der schicksalsträchtigen Kismet - Bar (Schicksal), dem unglückseligen Juweliergeschäft und der Eigentumswohnung.

Nach ca. neun Kilometern wird die Hauptstraße verlassen. Es geht landeinwärts durch einen kleinen Ort aufs Land. Eine neue, alte Welt begegnet dem Betrachter. Die einfachen, ländlichen Verhältnisse beherrschen das Bild. Eine junge Frau treibt die Kühe zu frischen Weiden, ein mit Brennholz bepackter Esel trottet am Straßenrand, begleitet von einem alten Mann in Pumphosen. Frauen arbeiten in sengender Hitze auf dem Feld und der Treckerfahrer und Aufseher sitzt in der Hocke halb schlafend im Schatten. Der Trecker erinnert an die Neuzeit.

Bananenplantagen, Mais-, Baumwoll- und Sesamfelder werden durchfahren. Oleanderbüsche in voller Blütenpracht wachsen wild am Wegesrand des nachfolgenden gebirgigen Pinienwalds und geben leuchtende Farbtupfer ab. Langsam zieht sich die Straße den Berg hoch und hinter einer Kurve hält Içmek an. Kleine Pause.

Ein markanter Punkt und Ziel der Reise, eine vor etwa achthundert Jahren erbaute Selschuckenburg ist in weiter Ferne zu erkennen. Sie steigen aus und eine unbekannte Ruhe fern ab vom Tourismus überrascht angenehm das Ohr. Zu ihren Füßen im Tal schlängelt sich der Fluss Alara durch grüne Wiesen, Felder und eine kleine Ortschaft mit Gewächshäusern. Von hier wird das Trinkwasser für die umliegenden Orte, einschließlich Avsallar, entnommen. Ein verbeultes Schild mit der Aufschrift Pompa Istasyion (Pumpstation) weist darauf hin. Der Berg, auf dem sich die Burg befindet, ist dem wesentlich höherem Gebirge vorgelagert und erinnert von der Form her an den Zuckerhut.

Nach kurzer Fahrt wird ein für die Gegend typisches Bauerndorf erreicht. Graue rechteckige Stahlbetongebäude, meistens zweistöckig mit aus der Decke herausragenden Moniereisen, die die nächste Bauphase ankündigen, sind der Regelfall. Verwünscht sei die moderne, hässliche Bautechnik, die die in die Landschaft passenden, alten Natursteinhäuser mit verzierten Holzbalkonen und roten Ziegeldächern fast völlig verdrängt haben. Halbfertige, mit roten Hohlkammersteinen gemauerte und unverputzte, hässliche Rohbauten sind an der Tagesordnung. Von Antalya bis ins achthundert Kilometer entfernte Istanbul das gleiche Bild: Bauboom, nicht nur in den Städten, sondern auch auf dem Lande. Mit einer der Gründe warum überall gebaut wird, ist die Inflationsangst. Ein Gebäude unterliegt keiner Geldentwertung, sondern steigt in der Regel sogar im Preis.

Das menschenleere Dorf schläft um diese Zeit. Es ist Mittagszeit und die Sonne steht im Zenit. Hinweißchilder weisen Ihnen die Richtung: „Zum kleinen Paradies", ein Ausflugslokal. Ein Freund von Marion hat sich hier niedergelassen. Er hatte das kleine Häuschen vor Jahren gepachtet und zu einem Restaurant umgebaut. Damals als sie noch Urlauberin war, hatte Sie ihn kennengelernt, als er gerade mit den Umbauarbeiten begann. Das war vor ca. fünf Jahren, als Sie und ihr Verflossener einen Ausflug machten und die wirkliche Türkei mit „Land und Leuten", kennenlernen wollten.

„Merhaba, (hallo) Marion, wie geht's. Lange nicht gesehen", begrüßt der Freund und Inhaber die alte Freundin.

„Danke, und selbst? Wie läuft's Geschäft?", fragt sie Kurt (Kurt ist sein Spitzname, denn er ist Türke, hat aber lange in Deutschland gelebt).

„Es geht, die Saison ist schlecht, du weißt. Egal, das Leben muss weitergehen. Außerdem Heidi, meine Verlobte, du kennst sie ja, ist gerade für längere Zeit hier. Und wer ist das? Deine Freundin?", fragt er und geht auf Gisela zu.

„Herzlich willkommen im kleinen Paradies, ich heiße Aykut (Vollmond), aber alle nennen mich Kurt", strahlt er sie an.

„Danke, mein Name ist Gisela", erwidert sie entzückt.

Kurt ist ein fröhlicher., redsamer Geselle und er gefällt Gisela auf den ersten Blick, denn seine Art erinnert sie sofort an Ali. Es ist die gleiche Offenheit, Herzlichkeit und lebensfrohe Einstellung.

„Ach, könnte ich doch auch so leicht meine Sorgen loswerden", denkt sie und schaut ihm, nach seinem Geheimnis fragend, in die dunklen Augen.

Içmek und Kurt umarmen sich herzlich wie alte Freunde. Die normale Art, das zuerst der Mann begrüßt wird, entfällt diesmal, weil Marion dominant im Vordergrund steht und Kurt die Höflichkeitsformen beachtet. Içmek ist dabei, sie zu erlernen, aber manchmal bekommt er einen Rüffel von Marion, wenn er lange nicht mehr gesehene, alte Freunde Hals über Kopf zuerst begrüßt.

Sie gehen am oben gelegenen Restaurant vorbei. Eine mit Wein berankte Dachterrasse ziert das ockerfarben gestrichene Gebäude, dessen Grundmauern aus alten Natursteinen bestehen. Eine angenehme, warme Atmosphäre beschleicht das Herz beim Anblick des kleinen Häuschen, das mit viel Liebe und Arbeit von Kurt total renoviert wurde. Die Treppe zur Dachterrasse hat er mit großen, gelblichen und braunen, flachen Steinen gemauert. Bougonvila und andere blühende Rankgewächse schmücken das schöne Restaurant. Zwei Stufen führen in den mit Rasen, Bananenstauden, Orangen- und Zitronenbäumchen angelegten Garten. Am Ende des Weges entdeckt man mehrere Kirschbäume, die im Frühling in voller Blüte ein imposantes Bild abgeben. Ein mit dem Schwanz wedelnder Hund beschnuppert freundlich die ankommenden Gäste und Katzen, überall Katzen werden entdeckt. Sie vertragen sich offensichtlich mit dem gutmütigen Hund. Kleine, niedliche Kätzchen und mittlere sowie ausgewachsene große, schlanke Katzen in allen Farben auf einem Haufen (Knäuel) oder vereinzelt dösen im Schatten und halten Siesta.

Mehre Treppenstufen führen zum unteren Terrain. Der reißende Gebirgsfluss beherrscht zunächst den erstaunten Betrachter. Zwei große Holztische laden zu Mahl und Gelage auf der ersten Terrasse ein. Eine kleine Steintreppe führt zum Flussufer (untere kleinere Terrasse), das mit glatten Fels ausläuft und vom rauschenden Wasser umspült wird. Hier befinden sich zwei weitere massive Tische, die neben einer alten, knorrigen Erle stehen. Sonnenstrahlen scheinen auf die bunten Tischdecken und eine friedliche Stimmung breitet sich aus.

„Was möchtet ihr trinken?", fragt Kurt in die Runde.

„Einen Rakı, bitte", sagt Gisela zum Erstaunen von Marion und Içmek, der neidisch dreinschaut. Er muss noch Auto fahren und stößt bei Marion auf Granit, falls er sein Lieblingsgetränk bestellen würde.

„Hm, hm, dir scheint es besser zu gehen, meine Liebe, du trinkst Rakı. Ich werde dir folgen. Kurt, bitte auch für mich Löwenmilch (Rakı)," lacht Marion und fährt weiter: „Du nicht mein Lieber, du kannst dir Cola bestellen", tätschelt sie Içmeks Arm und küsst ihn lachend.

„Verdammt sein alle Frauen, insbesondere die deutschen Weiber, die mir mein Getränk verbieten und es auch noch selber trinken", denkt er und lässt die Knutscherei geduldig über sich ergehen.

„Kurt, und wie immer Forelle mit diesem himmlischen Naturreis bitte. Übrigens, wo ist Rita, deine große Liebe. Du versteckst sie doch etwa nicht zu Hause, oder?", scherzt Marion mit Kurt.

„Nein, sie kommt gleich. Sie ist auf dem Bazar (Markt) und kauft frisches Gemüse ein. Muss jeden Augenblick zurück sein", erwidert er und eilt nach oben ins Restaurant, um die Bestellung aufzugeben.

„Wie wär's mit einem kühlen Bad, ihr Lieben. Içmek, du als gutes Beispiel und gestandener türkischer Mann darfst den Anfang machen. Wir schauen erstmal zu was passiert", hat Marion die glorreiche Idee und testet ihren Lebensgefährten aufs neue.

„Nein, nein Marion. Das geht nicht. Das bringt mich um. Und außerdem, was soll passieren. Alles an mir wird klein und kalt. Bitte, bitte nicht", lacht er fröhlich.

„Ich habe auch keine Badehose mit", entschuldigt er sich.

„Du hast doch diese tolle, sexy, rote Unterhose. Also, wo ist das Problem. Stell dich nicht so an und ab mit dir. Du bist doch ein heißer Typ und alles wird doch nicht an dir abfrieren. Bitte, mach den Anfang. Wir kommen dann auch nach. Komm, mach schon", redet sie auf ihn ein.

„Also gut, aber auf deine Verantwortung und einen Rakı danach. Sonst mache ich es nicht. Einverstanden meine liebe Marion?", fragt er listig.

„Ok, aber nur einen kleinen, sonst kommen wir heute nicht mehr nach Hause", lächelt sie ihren Geliebten an und ein Kuss nach dem anderen jagt den trinkfesten Içmek in die Flucht, aus den Klamotten und ins eiskalte Wasser.

Die rote Unterhose leuchtet. Içmek stöhnt, flucht und kämpft mit der reißenden Strömung, die an ihm und der Hose zerrt. Am Ende sind alle im Fluss, kreischen, lachen und erleben ihre Kindheit neu. Die Fische nehmen Reißaus und Kurt kommt mit den Getränken.

„Hallo Kinder, Kurt ist wieder da und hat euch etwas mitgebracht. Kommt schnell aus dem Wasser", lacht er fröhlich.

Mit großer Mühe gelangen sie ans felsige Ufer, die glitschigen Steine geben kaum Halt. Die Strömung ist so stark, das nur gut trainierte Schwimmer und Kletterer an diesem Ufer direkt an Land kommen. Am oberen Ende des Flusses geht es unproblematisch; jedoch ist es für normale Brustschwimmer, gegen die reißende Strömung vorwärts zukommen, unmöglich. Anstatt am anderen seichten Ufer stromaufwärts zu gehen, um danach den höher gelegenen einfachen Ausstieg zu erreichen, wird dieser Umweg mutig mit Verlusten ignoriert. Içmek hat alle Hände voll zu tun, um die Frauen aus dem Wasser zu ziehen. Sein Rakı ist wohl verdient. Giselas Badeanzug geht dabei in die Brüche und Marions Bikinioberteil treibt stromabwärts.

Gisela hat sich mit Kurt angefreundet und unterhält sich angeregt mit ihm. Nach dem Essen geht die Unterhaltung weiter. Marion ist oben im Restaurant mit Rita im Gespräch und fällt über die Männer im allgemeinen und die Türken insbesondere her.

„Alle in einen Sack, du triffst immer den richtigen", endet die verbale Attacke und der Monolog in der Regel.

Içmek liegt auf der Ruhestatt unter dem Kirschbaum und träumt von vollen Rakıgläsern und netten, biegsamen Frauen.

Kurt ist außergewöhnlich charmant und sein Spezialgebiet ist die Einfühlsamkeit in die Psyche des Gegenüber. Er ist zunächst ein aufmerksamer Zuhörer und gibt am Anfang nur bestätigende, positive, kurze Zustimmung und Anteilnahme von sich. Gisela deutet ihre Probleme mit Ali an, sagt aber nichts konkretes über die missratene Beziehung. Kurt kennt die Schicksale und Tragödien, die sich täglich abspielen, all zu gut. Nachdem er sich ein Bild gemacht hat, meldet er sich zu Wort.

„Gisela, kennst du das Problem zwischen Herz und Verstand? Der Konflikt ist bei den meisten Touristinnen vorprogrammiert, die sich in einen Türken verlieben. Oft können sie nicht einmal unterscheiden zwischen verliebt sein und wirklicher Liebe. Selbst wenn sie mit dem Vorsatz hierher kommen: Just for fun, just do it. Es funktioniert in der Regel nicht. Am Ende sind sie dem Herzen hilflos ausgeliefert. Es hat gesiegt und die Katastrophe ist da. Wie ist es dir ergangen?", fragt er sie gerade heraus.

„Kurt, ich weiß nicht, aber irgend etwas ist passiert und ich habe Dinge getan, die ich nie vorher gemacht hätte. Ich habe mich hoffnungslos in den Typ verliebt und war ihm am Ende ausgeliefert. Auch heute noch tut es sehr weh, darüber zu sprechen. Die Enttäuschung ist so groß. Die Liebe war eine Illusion. Er hat mich nicht geliebt. So ist es einfach für mich darüber hinwegzukommen, was die Liebe betrifft, aber diese menschliche Enttäuschung und die Hoffnungslosigkeit, was jetzt aus mir wird ist übergroß, und es macht mir manchmal Angst weiterzuleben", erzählt sie mit immer noch starken Emotionen in der Stimme.

„Gisela, versuche dich im Moment nur auf das einfache zu beschränken, auf das tägliche. Versuche nur die Dinge zu machen, die dir gelingen und die dir Spaß bereiten", versucht er ihr einen Rat zu geben.

„Danke für den Tip, aber ich muss wohl irgendwie selbst drauf kommen, dann hilft es besser. Ich weiß, du hast sicher Recht mit deinem Rat, aber es funktioniert nicht. Zurück zu dem was du vorher sagtest. Was denkst du ? Wie soll man sich entscheiden: Herz oder Verstand. Vielleicht kann ich deinen Rat beim nächsten Mal gebrauchen", hakt sie nach.

„Ich habe viele „Katastrophen" gesehen, die sich aus Urlaubsliebeleien ergaben. Das weibliche Geschlecht, egal welchen Alters, kommt hierher, um Spaß zu haben. Manche sind verheiratet oder haben einen Freund zu Hause. Dennoch erliegen auch sie diesem Reiz des Neuen des Unbekannten, und wenn sie nicht den Verstand benutzen, geraten sie schrecklich unter die Räder. Eigentlich ist dies bereits die Antwort. Der Verstand sollte siegen. Jedoch, so leicht sollte man es sich nicht machen. Wenn man genauer hinschaut und fragt, bekommt man weitere Antworten", führt er weiter aus.

„Welche weiteren Erklärungen denkst du gibt es noch?", fragt sie interessiert.

„Nun, der wesentliche Punkt ist eigentlich: Wie stark ist die Beziehung zu Hause. Ist dort alles im Lot, so gibt es nur geringe Chancen, dass hier etwas laufen könnte. Sie merkt den Betrug, den sie ihrem Partner gegenüber machen würde und will das Vertrauen nicht missbrauchen. Fast jede gute Beziehung hält einer Versuchung stand. Ist diese jedoch kaputt, eingeschlafen oder durch was auch immer nicht mehr im Takt, so wagt sie den Seitensprung und das kann ihr zum Verhängnis werden."

„Warum zum Verhängnis?", fragt Gisela schnell nach.

„Weil unsere Mentalität und Lebensweise nicht der euren entspricht. Wir haben eine andere Einstellung zu den Dingen, schon des alltäglichen Lebens. In der Regel verlieben sich die Frauen nicht nur in den Typ, sondern gerade auch in diese andere Lebensweise. Im späteren Zusammenleben wird dies jedoch zum Verhängnis, weil sie so nicht leben können. Sie haben es nicht gelernt, so zu leben. Ich bin in Deutschland aufgewachsen und verstehe meine eigenen Landsleute manchmal nicht, oder nur zum Teil. Ich besitze nicht mehr vollständig ihre Mentalität, ihre Lebensart. Auch kultivierte Leute aus unseren Großstädten lächeln über die Einfältigen und Ungebildeten, aber sie haben die gleiche Mentalität und verstehen sich", erklärt er weiter.

„Wo sind die großen Unterschiede?", fragt sie nach.

„Der wesentliche Unterschied ist die Wichtigkeit der Dinge. Wir regen uns schnell über etwas auf. Das ist unser Temperament, aber auch schnell wieder ab. Oder was euch aufregt kann uns nicht aufregen. Ein Beispiel: Wenn bei uns jemand verkehrt in eine Einbahnstraße fährt, weil er so schneller zum Ziel kommen will, so regt sich darüber bei uns kaum einer auf. Sicher, der eine oder andere schon, aber in der Menge und Heftigkeit wie dies bei euch ablaufen würde, in keinem Falle. Wenn ein Autofahrer in der Nacht eine rote Ampel sieht, so ignoriert er sie, falls keine anderen Autos in der Nähe sind. Jeder Deutsche hält brav an und wartet, bis es grün wird. Dies sind nur banale Dinge, aber sie zeigen schon die unterschiedliche Einstellung zu den Dingen des Lebens an. Hier war es Gehorsam. Dort ist es Moral und an anderer Stelle sind es unterschiedliche Religionen und Weltanschauungen. Orientalisches Leben hat auch viel mit Körperkontakt und Gestik zu tun. Wir haben die Großfamilie, ihr marschiert in Richtung Familie, Emanzipation, Selbstverwirklichung usw. Das sind andere Welten, andere Erziehungen und Wertvorstellungen", erklärt er, händeringend nach weiteren Unterschieden suchend.

„Ja, das verstehe ich schon, aber wenn man sich liebt, kann das doch kein großes Problem sein", beharrt sie.

„Es liegt in erster Linie an den beiden. Welche Voraussetzungen bringen sie mit. Sind die Unterschiede zu groß. So sind die Probleme größer. Eine durchschnittlich gebildete deutsche Frau verliebt sich in einen ungebildeten jungen Türken. Er spricht kaum Deutsch, sie kein türkisch. Es muss schon wahre Liebe sein, damit aus so einer fast hoffnungslosen Situation eine gute Beziehung entstehen kann. Die Familien und die Freunde machen Druck dagegen. Für den Jungen wird dies zur Zerreißprobe, weil für ihn die Familie das wichtigste überhaupt ist. Richtet er sich dagegen, so wird er kaum der gleiche bleiben können. Sie kann dies leichter wegstecken, dennoch ist auch hier zunächst eine Barriere zu überspringen. Wo sollen sie leben? Wer gibt etwas auf? Welchen Preis ist jeder bereit zu zahlen? Und viele andere Fragen kommen ins Spiel. Die harte Realität schlägt zu und meistern können es nur die Tapferen und Ausdauernden. Na ja, nur die Harten kommen in den Garten", fügt er lachend hinzu.

„Ich verstehe was du sagen willst, aber warum fallen so viele, auch gebildete, emanzipierte Frauen darauf hinein?", fragt sei weiter.

„Die Natur ist listig. Sie hat uns so programmiert, damit wir uns vermehren. So funktionieren wir, ob wir wollen oder nicht. Wir glauben unser Herz spricht. Oft ist es aber nur unsere Natur, die einfach normal funktioniert. In der Sonne arbeitet sie noch besser. Der Sextrieb wird erhöht durch Mehrausschüttung von Sexualhormonen. Instinkt sucht, wie bei Tieren auch, den Partner. Das Suchprogramm läuft automatisch ab, ohne unser Bewusstsein. Und ehe wir es richtig gemerkt haben, sind wir Hals über Kopf bereits in einer Affäre drin. Es kommt dann, wenn man sich weiter darauf einlässt, zu Sex, der eine weitere List der Natur zur Folge hat. Sexueller Kontakt bewirkt eine weitere Bindung, die schwer zu brechen ist. Nur der Verstand kann eine Trennung bewirken. Er arbeitet also gegen die Natur, das Herz. Unser Herz wird überwiegend von der Natur, also unseren Gefühlen und Trieben bestimmt.

Unsere Jungs sind oft noch sehr machomäßig erzogen und lassen ihren Trieben noch recht freien Lauf. Wenn sie mit einem deutschen Mädchen zusammen sind, macht es ihnen am Anfang tierisch Spaß, bis sie merken, oh, die ist ja ganz o.k. Das Gefühl kommt ins Spiel und es hat sie am Ende auch erwischt. Der Macho sollte eigentlich ein Problem sein, aber eure jungen Mädchen suchen den starken Mann, den es bei euch nicht oder seltener gibt. Dies ist ein neueres Problem der jüngeren Generation. Die älteren Ladys kennen dies Problem und entscheiden sich entweder für oder gegen den Macho. Sind sie nicht sonderlich emanzipiert und auf alte deutsche Art getrimmt, so bereitet der große Macker kein Problem für sie, im Gegenteil", erzählt er und schaut ihr prüfend in die Augen.

„Gut, trotzdem kann das doch nicht der ganze Grund sein", widersteht sie seinem Blick und Trotz ist zu erkennen.

„Vielen gefällt unsere Mentalität, unsere Lebensfreude und unsere scheinbare Leichtigkeit, mit der wir das Leben meistern. Sie kommen wieder, nachdem sie dem ersten Sturm standgehalten haben und das Spiel mit dem Feuer geht weiter. Sie vergessen oft, dass es nur Neugierde, Urlaubsstimmung und Stimulation ist. Wieder spricht nur das Herz, der Verstand ist in Deutschland oder im Koffer geblieben. Durch die Wiederholung wird die Bindung erneut verstärkt. Der Verstand bekommt noch mehr Widerstand. Gemeinsame Erlebnisse und lustige Zeiten verbinden weiter. Im Spaßmachen sind unsere Jungs hier mental besser drauf, weil sie in der Saison auf einer Eroberungswelle nach der anderen surfen", versucht er weiter zu erklären.

„Gut, durch die Wiederholung und die schönen Zeiten entsteht eine noch festere Bindung. Das verstehe ich. Dennoch muss man doch über die Folgen nachdenken. Wieso habe ich nicht nachgedacht? Wieso bin ich dem Typen so sehr verfallen?", fragt sie noch einmal nach.

„Allgemein findet man eventuell die wahre Antwort. Der Mensch glaubt oft, der Verstand beherrscht sein Leben. Die Realität sieht jedoch anders aus. Wie zum Beispiel in der Liebe, wo das Herz oft über den Verstand siegt. Oder auch ein anderes Beispiel: Der Kommunismus ist unter anderem auch am realen, egoistischen Menschen gescheitert. Der Mensch denkt aus Instinkt und Egoismus erst an sich und seine Familie.

Durch Moral und Erziehung steht er im ständigen Konflikt mit seiner natürlichen Herkunft. Moral begrenzt seinen Sexualtrieb und soziale Erziehung schränkt seinen Egoismus ein. Wir sind eigentlich (bei der Geburt) mehr Tier oder Maschine, die programmiert abläuft, als ein verstand- und vernunftorientiertes Wesen. Wir schränken später unser natürliches Wesen nur dann ein, wenn wir gegen Widerstand stoßen; gegen Widerstand in der Gemeinschaft mit anderen, gegen Gesetze, gegen Stärkere, gegenläufige Interessen anderer, etc. Die Nachteile könnten dann nämlich größer sein als unser eigener Vorteil.

All die Dinge haben wir gelernt, damit eine größere soziale Gemeinschaft entsteht und bestehen kann. Im Grunde widerstreben sie uns jedoch. Diesen Konflikt zu meistern gelingt in der Regel. Beim Konflikt Herz und Verstand in der Liebe treten die äußeren Zwänge in den Hintergrund. Heute kann jeder mit jede(m) zusammen leben oder auch heiraten. Die spätere Auseinandersetzung geschieht dann im engeren Kreis, in den Familien.

Darüber macht man sich aber zunächst keine Gedanken. Man ist sich also selbst überlassen und frei in seiner Entscheidung gegenüber anderen. Das Herz agiert und der Verstand reagiert. Das Herz macht den ersten Schritt und der Verstand will damit einverstanden sein. Erfahrung und Vertrauen stimmen sich ab. Das Herz setzt fordernd dagegen. Eine Entscheidung muss her und je nach Erfahrung und Vertrauensgewinn, übernimmt das eine (Herz) oder das andere (Verstand) die Oberhand. Hat das Herz (die Natur der Gefühle) gewonnen, gibt es kein zurück mehr. Die Dinge nehmen ihren Lauf. Hat der Verstand gewonnen, so versucht das Herz es jedoch immer wieder aufs neue. Gewinnt der Verstand, aber das Herz ist nicht dabei (Zweckehe), so sind Seitensprünge vorprogrammiert. Du siehst, nur wenn beides im Einklang ist, sind die Chancen für eine erfolgreiche Zweisamkeit am größten", führt Kurt langatmig aus.

„Ja, du hast sicher in vielen Dingen recht, verstehen werde ich es wohl nie richtig. Ich danke dir, dass du dich mit mir solange unterhalten hast. Eigentlich habe ich nur zugehört", sagt sie mit entschuldigender Handbewegung. „Aber bitte, es war für mich eine Ehre", entgegnet er und lächelt sie dabei freundlich an.

„Hallo ihr beiden, was tuschelt ihr denn solange. Hat Giesela ihr Herz bei dir ausgeschüttet?", wendet Marion sich an Kurt. „Brauchst nichts zu sagen, ich weiß schon. Außerdem ist sie bei dir in guten Händen", fährt sie fort und geht auf Gisela zu, um sie zu umarmen. „Nimm's nicht so schwer, wir werden schon eine Lösung für dich finden", tröstet sie ihre Freundin und erdrückt sie dabei fast.

Içmek ist aus seinen seligen Träumen aufgewacht und reibt sich die Augen, ob der tristen Wirklichkeit. Langsam trollt er sich zu den anderen. Sie sitzen noch gemeinsam zusammen und genießen die Geselligkeit in wunderschöner Umgebung. Nach endloser Verabschiedung geht es auf den Weg zurück nach Alanya. Auf der Fahrt durch Avsallar wird Gisela wieder unruhig.

„Was macht Karl? Wie ist es ihm ergangen?", denkt sie und wird plötzlich aus ihren Gedanken gerissen, als der Wagen wegen eines Verkehrsunfall im Stau stehen bleibt.

Eine große Menschentraube ist zu erkennen und auch Karl ist mit unter den Zuschauern.

Marion hat ihn zuerst entdeckt und zeigt aufgeregt auf ihn: „Gisela, schau doch, da ist Karl! Er sieht aber nicht gut aus. Hat abgenommen, der Arme. Siehst du ihn?", fragt sie immer noch aufgeregt.

„Ja, ich sehe ihn. Ich habe gerade an ihn gedacht, und nun steht er fast vor mir. Du hast recht, er sieht nicht gut aus. Ob er sich Sorgen macht? Sich meinetwegen immer noch ärgert? Er tut mir sehr leid. Oh Gott, was hab ich nur gemacht. Was denkst du, kannst du mit ihm reden und ihn fragen, wie es ihm geht? Ich kann das nicht", bittet sie ihre Freundin um Hilfe.

„Gut, ich werde mit ihm reden. Ihr haltet hier an und geht solange ins Hoş geldiniz (Herzlich Willkommen-Bar), wir treffen uns dort wieder", schlägt sie vor und steigt aus.

İçmek parkt das Auto am Straßenrand und führt Gisela in die Bar.

Als sie stolpert und beinahe hinfällt, legt er seinen Arm auf ihre Schulter und drückt sie ein paar Mal herzlich an sich, als will er sagen: „Na, komm schon. Ich bin bei dir. Hab keine Angst. Alles wird gut."

Sie ist total aufgelöst, aufgeregt und nervös. Sie zittert am ganzen Körper. Ihr ist übel und sie geht sofort auf die Toilette, nachdem sie im Hoş geldiniz freudig begrüßt wurden.

Übergeben, Tränen, das ganze Elend will heraus. Schuldgefühle plagen sie, die Pein will kein Ende nehmen. Zitternd, einen schlechten Geschmack im Mund, schleppt sie sich an den Tisch zu İçmek zurück.

„Was möchtest du trinken, Gisela?", fragt er und streichelt ihre Hand sanft, um sie zu beruhigen.

„Cola, bitte", sagt sie leise und wischt sich die Tränen aus dem Gesicht.

Marion geht direkt auf Karl zu.

„Hallo Karl, wie geht es dir? Lange nicht mehr gesehen", lacht sie Karl an und umarmt den Überraschten.

„Man Marion, was machst du denn hier? Mir geht's scheiße. Der Juwelier ist mit der Kohle abgehauen. Hab ein neues Haus gekauft und das Geld ist so gut wie futsch. Hast du was von Gisela gehört?", fragt er neugierig.

„Ja, kannst mit ihr selbst reden. Sie ist hier in Avsallar. Sie wartet auf dich und möchte mit dir reden. Was denkst du?", fragt sie Karl und blinzelt ihn dabei einladend an.

„Man, das ist ja ein dickes Ei. Gisela ist hier und will mit mir reden? Ja, hau ich denn ab. Das gibst doch gar nicht", lacht er und kann die Überraschung nicht verbergen.

„Hör auf zu lachen. Sie will mit dir reden. Komm' bitte mit und sprich mit ihr.", fordert sie ihn erneut auf.

„Ja, und wozu soll das gut sein? Die blöde Kuh ist damals abgehauen und soll auch wegbleiben, verstehst du. Ich rede nicht mit ihr. Basta", erregt er sich ein wenig.

„Karl, hör zu: Sie weiß, das sie einen Fehler gemacht hat. Es ging ihr sehr schlecht und im Moment ist ihr auch nicht wohl in ihrer Haut. Auch du hast Fehler gemacht. Wenn du so ein toller Typ bist, warum hat sie dich denn verlassen. Sie wurde getäuscht. Ihr Vertrauen wurde missbraucht. Genauso wie du mit deinem Juwelier. So perfekt bist du auch nicht, mein Lieber. Also komm von deinem hohen Ross runter und rede wenigstens mit ihr", redet Marion auf ihn ein.

„Na, du bist ja gut. Hast selbst die größte Scheiße gebaut und machst mir Vorhaltungen. Ich glaub's doch wohl nicht," antwortet Karl entrüstet.

„Was meinst du mit großer Scheiße, Karl?", hakt sie nach.

„Willst du es wirklich hören? „fragt er.

„ Ja, Karl. Komm raus mit der Sprache", erwidert sie.

„Du hast deine Kinder verlassen. Das macht keine anständige Mutter. Zum Teufel mit dir, " erklärt er ohne Umschweife.

„Gut Karl, du hast recht und ich kann es nicht mehr rückgängig machen. Es ist mein Problem. Wir sollten mit den Vorwürfen jetzt Schluss machen. Es hilft keinem und Engel sind wir alle nicht. Also komm' jetzt mit und rede mit ihr. Mach nicht so ein Theater und lass dich nicht so bitten, Karl. Vielleicht hilft es sogar euch beiden", bittet sie Karl eindringlich.

„Man, du lässt auch nie locker. Bist ja ne richtige Klette. Hast ja nicht unrecht. Hab selbst genug Mist gebaut. Also gut, ich rede mit der blöden Kuh. Also lass uns gehen", lässt er sich breitschlagen.

Ende

Gisela sitzt neben Içmek mit rot verheulten Augen, als Marion und Karl die Bar betreten. Beide schauen sich lange in die Augen, ohne Worte. Viele Gedanken, Erinnerungen rasen durch ihre Köpfe.

Beide denken fast zur gleichen Zeit: „Du siehst schlecht aus."

„Nun glotzt euch nicht die ganze Zeit an! Redet endlich was!" unterbricht Marion die unangenehme Stille.

„Bist doch sonst nicht auf den Mund gefallen, Karl", versucht sie das Eis zu brechen und Karl zum Reden zu provozieren.

„Hallo, Gisela... Siehst nicht gut aus... Marion hat mich überredet, hierher zukommen. Sie sagt, du willst mich sehen und mir was sagen... Nun? Sag' was!", fordert er die Arme auf.

„ Karl, entschuldige, mir geht es nicht besonders. Ich möchte mich bei dir entschuldigen... Für alles, was ich getan habe, es tut mir heute sehr leid. Verzeih' mir bitte, Karl," kommt es zögerlich und alle Kräfte aufbringend aus ihr heraus.

Karl erwidert nichts und schaut Gisela nur lange, konzentriert und prüfend an. Sie kann seinem Blick nur kurze Zeit widerstehen, senkt den Blick und Tränen netzen aufs neue das feuchte Taschentuch.

„Marion, nimm deinen neuen Freund und lass uns bitte alleine, o.k.?", wendet sich Karl an Marion und Içmek.

„Kein Problem, Karl. Du wirst Gisela ja wohl nicht umbringen. Içmek, komm, wir werden alte Freunde besuchen. Gisela, wir kommen gleich wieder; ist das o.k.??", wendet sie sich an die Freundin.

„Geh' nur Marion und danke", entgegnet Gisela nickend.

Marion nimmt den verwunderten Içmek, der nicht alles verstanden hat, an die Hand und beide verlassen das Lokal.

„Nun können wir reden, wir sind allein", sagt Karl und schaut Gisela dabei wieder prüfend in die verweinten Augen.

„Ja, Karl... ,"entgegnet sie und weiß nicht, was sie weiter sagen soll. Der Hals ist wie geschwollen, ein dicker Kloß hat sich in der Kehle festgesetzt und die Stimme kommt nicht so recht dagegen an. Ihre Hände und die Stirn sind feucht, sie ist völlig aufgelöst, nervös, und sie wäre am liebsten gar nicht hier.

„Gut, da du nicht in der Lage bist, etwas zu sagen, muss ich wohl den Anfang machen. Wo warst du die ganze Zeit und was hast du gemacht? Erzähl mir mal etwas von deinen tollen Erlebnissen mit diesem Kellner. Was habt ihr denn so getrieben? Wie war er denn so im Bett? Hat's dir Spaß gemacht? Man, das ist doch alles Scheiße, was du da abgezogen hast. Und jetzt soll ich deine Entschuldigung annehmen oder was? Man, du bist doch total beknackt... So was gibst doch gar nicht... Und wie stellst du dir jetzt dein weiteres Leben vor? Wie soll es deiner Meinung nach weitergehen?", redet er auf die benommene und sprachlose Gisela ein.

Vorwürfe, lange angestaute Wut und Enttäuschung wollen raus und sind kaum zu bändigen.

Gisela sitzt mit gesenkten Haupt da und lässt alles über sich ergehen. Einerseits ist ihr das Gespräch unangenehm und es macht sie richtig fertig, auf der anderen Seite ist es wie eine Beichte und zugleich wie die Schelte der Eltern an die Kinder, die einen Fehler gemacht haben, aber am Ende wurde dann doch alles wieder gut, als sich der Rauch verzog. Insgeheim hofft sie, dass es auch dieses Mal so ausgehen würde. Sie bittet zwar nicht um Schläge, aber in abgewandelter Form möchte sie eine Strafe erhalten und dann Busse tun. Es sind die alten Verhaltensweisen, die sie erzogen haben und die sie benötigt, um weiterleben zu können.

„Nun sag doch was, ich kann doch hier kein Selbstgespräch führen, " beginnt Karl von neuem.

Er macht eine kurze Pause und fährt fort: „ Weißt du, es ist eigentlich irre was du gemacht hast. Ist dir doch gar nicht zuzutrauen. Ein dickes Ding. Du, die biedere, dämliche Kuh, zieht so ein Ding ab. Ich kapier' das alles nicht. Verstehst du das denn? Ist hier in diesem verdammten Nest denn so was wie ein Sexvirus, der alle Weiber um den Verstand bringt oder was? Ist doch alles nicht zu fassen", redet er sich wieder in Rage.

Nach einer längeren Pause meldet sich Gisela endlich zu kurzem Wort.

„Du hast Recht Karl, ich verstehe es ja auch nicht", schluchzt es aus ihr heraus und die verstopfte Nase will endlich frei sein, ebenso die gequälte Seele.

„Karl hat des Rätsels Lösung gefunden und damit wäre ich zum Teil entschuldigt: Sexvirus hat er gesagt, bin um meinen Verstand gebracht worden, ja, ist irgendwie etwas dran", denkt sie ein wenig erleichtert.

„Ist so ähnlich wie eine Grippe, an der man sich angesteckt hat und die man dann auskurieren muss, ja, so ungefähr war das bei mir auch", denkt sie weiter und bemerkt, wie Karl sie aus engen Augenschlitzen beobachtet.

„Ich weiß nicht was in deinem Spatzenhirn vor sich geht, aber ich glaube es zu wissen. Trotzdem bist du nicht entschuldigt, weil du mit diesem Schwein durchgebrannt bist", unterbricht er ihre hoffnungsvollen Gedanken.

„Ich habe viel Zeit gehabt und habe auch sehr viel nachgedacht. Zu erst geschah dieses unglaubliche Ding mit dir und dann bin ich auf ein Schwein und Betrüger, diesen Juwelier Haschürt, reingefallen. Beides hat mich ins Grübeln gebracht und am Anfang habe ich nichts verstanden. Aber so allmählich scheint es mir zu dämmern. Du hast mich verlassen, weil unsere Beziehung im Arsch war und ich habe mich bescheißen lassen, weil ich geldgierig war. Viel mehr ist dazu nicht zu sagen. Wir beide sind hier in dieser anderen Welt mit unseren Fehlern und Schwächen nicht zurecht gekommen. Auch die Sache mit der Versicherung war meine Habgier und vermutlich deine Geilheit auf den Kellner. Immer wieder die gleiche Geschichte", erklärt Karl der zunächst verdutzten Gisela.

„Karl, es tut mir alles so leid", fügt sie ein und erweckt kurzfristig seinen Zorn.

„Man, halt doch die Klappe, du begreifst wirklich nichts. Leid tun reicht doch nicht aus... Beim nächsten Mal tut es dir wieder leid und du hast nichts gelernt... Man bist du blöd... Aber, na ja, deine Dämlichkeit entschuldigt dich wenigstens, also kann ich auch gar nicht richtig sauer auf dich sein. Aber, dass mir das passiert ist und ich lächerlich gemacht wurde durch diese Sau und durch dich, das hat mich fast wahnsinnig gemacht... Mist, und was soll jetzt werden? Das frage ich mich die ganze Zeit... Die Kohle ist weg und wovon sollen wir leben?", fragt er sie, als wären sie wieder zusammen.

Gisela wittert ihre Chance und hat den möglichen Versprecher sofort bemerkt. Im Grunde möchte sie wieder mit Karl zusammen sein.

„Hast du eben gesagt: wovon wir weiterleben sollen? Du machst dir Gedanken um uns, um mich, Karl??", fragt sie verwundert und überrascht.

„Ja. Du blöde Kuh," antwortet er gerade heraus und erklärt weiter: „Ich wollte nicht mit dir reden, weil ich davor Angst hatte. Ich wollte dich nicht mehr sehen. Ich hatte Angst davor, dass ich nachgebe und wir wieder zusammen sind. Jetzt ist es mir lieber mit dir zu leben, als alleine weiter zu machen. Ich habe ebenso viele Fehler gemacht", fährt er leise fort.

„Wir sollten es noch einmal versuchen ,o.k., meine blöde K... Ach was, ich bin doch im Grunde genauso blöd wie Du. Nu sag was dazu?", bittet er sie und ergreift ihre Hand.

„Oh Karl, ja. Lass es uns noch mal versuchen. Danke und es tut mir alles so... Nein, ich sag es nicht noch mal, sonst bist du wieder böse", erhebt sie gelöst und freudig erregt die Hand.

„Es tut mir alles so gut, will ich dir sagen. Das andere denke ich eben nur, weil du es nicht hören magst", lächelt sie und nimmt auch seine Hand.

„So, das wäre vollbracht. Jetzt hab' ich dich wieder an der Backe", lacht er vergnügt und beide freuen sich und umarmen sich.

Das schlichte Paar ist wieder zusammen und freut sich. Gisela begreift auf ihre Art, dass seine grobe Art nur vorgetäuscht ist: Er möchte kein Weichei sein und spielt den harten Macker, der er aber nicht ist. Ein Rollenspiel, aus dem er nicht herauskann. Karl weiß, dass Gisela eine einfache Frau ist und dem bösen Spiel erlag, vermutlich sogar erliegen musste, so wie Maus und Schlange. Verantwortlich dafür ist er ebenso: dass nicht mehr viel ging in der Beziehung lag auch an ihm. Er ist ein einfacher, ungehobelter, aber nicht dummer Mann. Gisela hingegen ist einfach und leider auch geistig einfach oder eben doppelteinfach.

„Weißt du, wir sollten jetzt nach Hause gehen. Komm', ich zahl die Rechnung, lass uns gehen! Der Kellner soll Marion sagen, dass wir Zuhause sind. Wir rufen sie dann später an und erzählen ihr dann alles, o.k.?", fragt er seine zurückbekommene und erleichterte neue, alte Gattin.

„Ja, Karl", antwortet sie ohne zögern. Sie hakt sich bei ihm ein und beide verlassen glücklich und wiedervereint die Bar.

Einige Wochen sind vergangen.

Karl versucht, die Villa oder die Eigentumswohnung zu verkaufen; jedoch nichts geht. Durch neue Ereignisse steckt das Touristengebiet mal wieder in der Krise.

Ein schreckliches Erdbeben hat das Land erschüttert. Viele Opfer sind zu beklagen und die Betroffenheit und Hilfe ist groß. Nicht nur bei den europäischen Ländern, sowie den ehemaligen Ostblockländern und der ganzen Welt, sondern und insbesondere bei dem Erzfeind Griechenland. Durch tragische Weise ist das Land in den Mittelpunkt der Weltöffentlichkeit geraten und Mitgefühl scheint alte Wunden zu heilen und vergessen zu machen. Hoffnung auf Versöhnung macht sich breit.

Jedoch auch noch soviel Leid und schreckliche Bilder am heimischen Fernseher können den Touristen nicht dazu bewegen, wieder zu kommen; im Gegenteil.

Sie wissen nicht, dass im Touristengebiet bisher keine Erdbeben größerer Art vorgekommen sind. Der erdbebengefährdete Teil liegt weit außerhalb, hunderte von Kilometern entfernt. Es ist eine Linie, die sich weit hinter dem Taurusgebirge entlang zieht. Im Osten befindet sich der Streifen im Grenzgebiet zu Armenien und Iran und teilt sich in Richtung Adana und der Schwarzmeerküste. Er verläuft dann bis Istanbul, also überwiegend in Längsrichtung. Die südlich gelegenen Massentouristenorte an der türkischen Riviera mit seinen Orten um Antalya und Alanya haben solche Erdbeben in dieser Größenordnung folglich nie erlebt. Die Türkei ist eben doch ein sehr großes Land. Der Tourist befasst sich nicht mit solchen Dingen; er storniert einfach und lässt sich umbuchen, auch wenn das ihm finanziell schaden sollte.

Vermutlich würde der Massentourist auch wegbleiben, wenn er alle möglichen Informationen hätte. Ein Unbehagen und eine unangenehme Betroffenheit scheint zu bleiben. So nach dem Motto: Wer will schon seine fröhlichen Ferien mit bemitleidenswürdigen Erdbebenopfern teilen. Das Elend ist zwar beklagenswert und man spendet auch, aber bitte nicht im Urlaub das auch noch.

Nun ja, eine Reaktion, die unserer in weiten Teilen oberflächlichen, dekadenten und leistungsorientierten Welt entspricht. Der Looser wird gemieden wie ein Aussätziger vor zweitausend Jahren, selbst wenn er nichts dafür kann. Grausame Realität, die zeigt, dass auch angeblich zivilisierte Staatsformen in großen Teilen in ihren Keimzellen, nämlich den Köpfen der Menschen, nichts dazugelernt haben und wohl auch kaum werden.

Urlaub ist für die meisten eine heilige Kuh und heile Welt. Die gegensätzliche Realität ist: Arbeitslosigkeit, Stress, Allergien, Mobbing im Job, Negativmeldungen, Sensationspresse, Mord und Totschlag in den Medien. Sinnlos gewordenes Dasein ohne Ideale und Idole, insbesondere ohne Vorbilder in Politik und Wirtschaft, Elternhaus, Schule und Religion und schwindender Verlust an moralischen und ethischen Werten, sowie Überforderung breiter Schichten bei der heilversprechenden Selbstverwirklichung sind die Folgen.

Knallbunte, grelle Raveparties, Drogen, Sektiererei, man ergötzt sich an Schwulen, Perversen und Exhibitionisten, als wären sie die neue Selbstverständlichkeit und das Normale, runden das Bild ab und zeigen den anderen Bereich der überwiegend jugendlichen Mehrheit. Hierauf stürzen sich die Massenmedien und Veranstalter ebenso und machen Quote und Kasse. Auch nach dem Motto: Wer die meiste Kohle macht, gewinnt und hat Recht, der

Preis ist doch scheißegal. Materialismus an Leib und Seele scheint unsere Zukunft zu sein.

Zurück zum Ur(wald)menschen? Oder Rambo gegen den Rest der Welt? Orientierung im Dschungel der globalen, freien, neuen Welt?

Wie auch immer, eines scheint sicher zu sein und ist bezeichnend: Durch unsere kurzlebige Zeit sind die schrecklichen Erdbeben in der Türkei bereits vergessen und die Hotelbuchungen für die kommende Saison sind stark angestiegen. Die heile Welt kann in diesem Land wieder gefeiert werden. Makaber, grotesk und real zugleich.

Scham, Moral und ähnliche Begriffe sind veraltet, man wird ausgelacht, wenn man auch nur einen Gedanken daran vergeudet. Totaler Egoismus und Hauptsache ich bin geil drauf, ist das Motto der Zeit. Eine Entwicklung, die ihrem Höhepunkt zustrebt und auch wieder vergeht. Bis zum nächsten, sicher noch steigerungswürdigerem Exzess. Was wird das wohl sein?

Gisela und Karl sind wieder auf dem Weg zum quirligen Immobilienhändler Satılık und eine bekannte Stimme ruft aufgeregt von der anderen Straßenseite: „Hallo Karl, hallo Gisela!"

Beide entdecken freudig Osman, den jungen, netten Türken, dem Karl vor längerer Zeit aus einer Laune heraus Geld gegeben hatte.

„Mensch Osman, was machst du denn hier, wie geht's dir?", fragt Karl hocherfreut den armeausbreitenden, strahlenden Osman.

„Gut, sehr gut, und wie geht's euch?", erwidert er, in den Armen der beiden liegend. Ein herzliche Szene. Die Gesichter glühen vor Freude, sich wiederzusehen.

„Uns geht es auch gut... wieder gut. Komm Osman, lass uns einen Tee trinken und etwas plaudern", fordert Karl seinen jungen Freund auf und nimmt ihn an die Hand, ohne auch nur die Antwort abzuwarten.

Beide haken Osman ein und schlendern, die Köpfe zusammengesteckt, die Straße entlang zur nächsten Teestube. Sie landen jedoch wieder in der Kismet-Bar (Schicksal), wo alles anfing: Die erste Begegnung mit Osman und Ali dem Geliebten.

Gisela trinkt frischgepressten Orangensaft, Karl und Osman wie immer Cola, ihr Lieblingsgetränk.

„Erzähl mal, was du so machst, was hast du mit dem Geld angestellt, Osman?", fragt Karl neugierig und ungeduldig.

„Karl, zunächst noch einmal danke, danke, dass du mir damals geholfen hast", und drückt seinen Gönner dabei herzlichst.

„Heute bin ich ein wohlhabender Geschäftsmann. Ich erzähle mal von Anfang an.

Ich habe mit dem Geld ein kleines Restaurant, außerhalb von Avsallar, gegenüber von einem neuen fünf Sterne Hotel gemietet und am Anfang sehr gut verdient. Dann kamen mehr und mehr Restaurants und Bars dazu, und das Geschäft wurde immer schlechter. Ich wusste, so geht es nicht weiter. Meine Eltern hatten noch ein unbebautes Grundstück in der Fußgängerzone im Zentrum, und ich habe es bebauen lassen und vermietet.

Eines Tages habe ich ein Lotterielos gekauft und habe eine ziemlich große Summe gewonnen. Das Geld habe ich dann am Aktienmarkt angelegt. Dabei waren auch einige Spekulationsgeschäfte, Aktienoptionen, die super gelaufen sind. Du weißt, der Deutsche, unser Nachbar, von dem ich Deutsch gelernt habe, hat zu mir gesagt: wenn du Geld über hast oder im Lotto gewinnst, dann lege einen Teil davon am Aktienmarkt an. Er hat mir sehr viel davon erzählt, auch was man dabei beachten muss, leider hatte er kein Glück dabei. Ich hatte Glück, weil der

Markt im letzten und in diesem Jahr fast explodiert ist durch die stabile Regierung und die Europaphantasie. Von den Gewinnen habe ich dann andere Geschäfte gekauft und wieder vermietet. Auf lange Sicht hat der Tourismus Zukunft.

Die Landwirtschaft meiner Eltern ist heute auf dem neusten Stand. Wir haben modere Gewächshäuser und alles wird möglichst biologisch angebaut. Die Universität für Landwirtschaft hilft und berät uns dabei. Es ist alles wie ein Märchen aus tausend und einer Nacht. Karl, und du bist der Grund dafür, das es so geworden ist. Danke, danke."

„Osman, hör auf, dich immer zu bedanken. Ich war damals ein blöder Neuankömmling und habe dir das Geld gegeben, weil ich in der Lage und Laune war. Mann, das hört sich ja alles phantastisch an. Es ist aber auch das Glück des Tüchtigen, mein lieber Osman. Ich bin froh, dass du es soweit gebracht hast, einfach super, mein Junge, nun sag' mir aber mal, warum hast du dich nie gemeldet?"

„Ich habe eure Geschichte mit der Trennung gehört und habe es vermieden, mich zu melden. Heute tut es mir sehr leid, weil ich dich nicht besucht und dich im Stich gelassen habe. Wir meiden die Menschen, die Sorgen und Probleme haben. Leider sind wir Menschen so und ich bin da keine Ausnahme. Gott sei dank seid ihr wieder zusammen und ich freue mich riesig darüber", erklärt er offen und ehrlich.

Diesmal drückt und herzt er auch Gisela dabei freudig und erregt.

„Karl und Gisela, ich möchte euch heute abend zu mir nach Hause einladen. Wir wollen unser Wiedersehen feiern und fröhlich sein. Ihr werdet meine Familie kennenlernen, und wir werden uns noch viel zu erzählen haben. Kommt, sagt ja... Bitte", sprudelt es aus Osman spontan und voller Vorfreude heraus.

Karl und Gisela nicken einander zu und nehmen die Einladung freudig an.

„Wunderbar, ich freue mich riesig und ich hole euch dann von Zuhause ab. Leider muss ich jetzt weg. Mein Bruder ist Maurermeister. Wir haben zusammen eine Baufirma. Du solltest uns dabei helfen Karl. Du kommst doch aus dem Geschäft, aber lass uns nachher darüber reden. Ich muss dort kurz hin. Wir sehen uns dann heute abend wieder, ja? Ich bin gegen sechs Uhr bei euch. Tschüs Karl, tschüs Gisela, Allah sei mit euch, ich freue mich", verabschiedet Osman sich bei den beiden.

„Wir freuen uns auch sehr. Tschüs Osman", sagen Gisela und Karl gleichzeitig.

Sie schauen sich dabei in die Augen und lachen. Gleichzeitig Gesagtes bedeutet für sie symbolisch, dass sie die nächsten sieben Jahre zusammen bleiben werden. Sie nicken einander zu und wiederholen es noch zweimal. Die nächsten einundzwanzig Jahre sind somit gesichert. Sie umarmen sich und freuen sich des Lebens.